ÉLIE DE MONT

DOUBLE CONVERSION

PARIS
E. DENTU, ÉDITEUR
LIBRAIRE DE LA SOCIÉTÉ DES GENS DE LETTRES
PALAIS-ROYAL, 15 ET 17, GALERIE D'ORLÉANS

DOUBLE CONVERSION

PARIS. — IMP. SIMON RAÇON ET COMP., RUE D'ERFURTH, 1.

ÉLIE DE MONT

DOUBLE CONVERSION

PARIS
E. DENTU, ÉDITEUR
LIBRAIRE DE LA SOCIÉTÉ DES GENS DE LETTRES
PALAIS-ROYAL, 13 ET 17, GALERIE D'ORLÉANS
1862

Quand un musicien m'écorche les oreilles, quand un peintre me donne une *croûte*, si c'est un artiste de profession, je le plains; si c'est un amateur, je le trouve impardonnable.

On ne peut décemment se boucher les oreilles, et on est bien forcé d'accrocher quelque part l'œuvre dont on vous a fait hommage.

Le livre, au contraire, lui, ne s'impose pas. Chacun est libre de l'acheter ou de ne pas l'acheter. On a de plus la ressource de ne pas le lire si l'auteur vous l'envoie, et on n'en reste pas moins son obligé.

— Mais d'où vous vient cette rage subite d'écrivailler?

Que ceux de mes amis qui seraient disposés à me jeter la pierre à ce sujet, songent aux longues nuits d'hiver que je passe seul, dans le fond d'une province, et ils m'absoudront.

Ils m'absoudront de couvrir du papier, si j'y trouve une distraction, mais me pardonneront-ils de me faire imprimer?

Ici, j'avoue que je suis beaucoup plus embarrassé de répondre... Comment m'excuser en effet, si ce n'est par la démangeaison épidémique qui pousse de nos jours tous les hommes à produire un volume.

Il est si agréable de dire, entre deux bouffées de cigare, avec une sorte de nonchalance affectée :

— Je vais chez mon éditeur, ou bien encore :

— Je rentre, pour corriger mes épreuves, etc...

L'homme de tous les âges est comme l'enfant, il faut qu'il joue à quelque chose.—Veux-tu jouer à la grande dame? demande la petite fille. — Veux-tu jouer au général? dit le *boy*. —Jouons à l'homme de lettres, ou bien encore à l'homme politique, pense-t-on au sortir du collége.

Je ne suis donc coupable que de m'être laissé gagner à la contagion.

J'ai fait comme tout le monde, j'ai produit mon volume. Je ne prétends pas qu'il soit bon... Mais si mon livre est mauvais, au moins ai-je la conscience de n'avoir pas fait un mauvais livre.

DOUBLE CONVERSION

I

La vieille forêt des Ardennes avait revêtu sa plus belle parure, et sous les rayons rougeâtres du soleil couchant, ses dômes de feuillage ressemblaient à un immense tapis de Smyrne, aux couleurs à la fois sombres et vigoureuses.

Le vent avait déjà cette voix triste et enivrante qu'il prend en automne, en faisant vibrer sous son haleine desséchante les feuilles prêtes à se détacher... pauvres reines d'un printemps, qui s'en vont, entraînées dans une

1.

ronde folle, tomber aux pieds des grands arbres dont, hier encore, elles étaient l'ornement, et meurent pour servir de nourriture à ces mêmes racines qui leur avaient donné la vie.

Fatigué d'une longue course à travers les montagnes, je regagnais le village; un de mes amis m'accompagnait. C'était un jeune peintre de beaucoup de talent, chassé de Paris par la chaleur du macadam, et venu chez moi pour demander un peu de repos à cette calme nature, dont je m'étais chargé de lui faire les honneurs, et à laquelle son crayon avait ravi de nombreux coins d'une grâce et d'une sauvagerie pleines de séductions profondes pour un artiste.

Nous remontions péniblement le coteau long et rapide qui conduit au village où nous attendaient nos chevaux, Manuel (c'est le nom de mon compagnon), secouant à tout instant un sac qui commençait à lui peser, et moi laissant nonchalamment traîner mon rustique bâton. Notre conversation, depuis le pied de la colline, se bornait à un fort petit nombre de mots, toujours les mêmes.

Manuel regardait quelquefois derrière nous, et s'arrêtait en disant, comme s'il eût poussé un douloureux soupir : — Est-ce assez beau comme cela ? — Splendide ! répondais-je avec autant d'effort... et nous continuions notre ascension.

Enfin nous atteignîmes les premières maisons bâties de pierre d'ardoise et recouvertes de longs toits de genêts.

Leur aspect original et coquet, noir et propre, la vue des paysans assis devant leurs portes en habit de dimanche, sembla nous rendre un peu de force, en sorte que nous arrivâmes à l'auberge sans nous être aperçus de la longueur interminable du village.

En face le *Lion-d'or*, s'élevait au milieu de tombes recouvertes de fleurs et d'élégantes fougères (toujours la vie sur la mort), une pauvre petite église de campagne, au clocher de travers. C'était une de ces constructions naïves entourées d'une sorte d'auréole de calme religieux, qui rafraîchit l'âme, l'élève et l'invite à la prière.

Le paysan, rentrant le soir au logis derrière son long troupeau ou derrière sa charrue, fait le signe de la croix en passant près de la porte ouverte de la maison de Dieu, qu'il sent être aussi la sienne, et ce signe éloquent contient tout un hymne d'amour et de reconnaissance, en même temps qu'une prière pour ceux des siens dont il aperçoit, dans l'ombre d'une touffe de verdure, la petite croix de bois que lui-même a placée sur leur tombe.

A quelques pas de l'autel où l'homme de Dieu l'a fait chrétien à son entrée dans la vie, est l'étroit terrain qui lui servira de demeure dernière.

Là, le souvenir de ses jeunes, de ses plus belles années, sa première communion, son mariage, le baptême de ses enfants. Ici, le souvenir de ceux qui dirigèrent ses premiers pas, le souvenir de tous ceux qu'il a aimés...

Ici et là une pure pensée qui le maintient dans la crainte de Dieu, dans le respect et l'amour de la famille, une pensée qui ouvre dans son cœur toute une source d'idées saines et élevées.

Qu'ils sont à plaindre les villages sans église, les vallons sans clocher!

Voyez là-bas! dans la nuit sombre, un seul point lumineux brille. C'est la lampe sainte qui veille auprès du tabernacle. C'est l'âme de la vallée, elle palpite quand tout est endormi.

Qui que tu sois qui passes par là, voyageur pauvre ou riche, traîné par des chevaux ou portant misérablement ton sac, découvre-toi. Cette petite lueur pâle et tremblotante te parle à ton insu. Elle te dit que Dieu te regarde, elle te dit aussi qu'il tient dans sa main puissante ta frêle existence, et que devant lui tous les hommes sont égaux. Elle te rappelle les années disparues et te fait songer à la mort... Assez... le clocher du village... les cloches... vieux sujets épuisés de romances d'une autre époque. — C'est vrai! Mais si le chauvinisme soldatesque que je hais a parfois des effets sublimes ; celui du cœur, que je ne fais pas profession de haïr, n'a-t-il pas aussi les siens?

Au temps où la force seule régnait, un fier castel s'élevait au milieu de chaque groupe d'habitations, comme pour les protéger. Aujourd'hui les clochers ont remplacé les tours, plus de créneaux, une simple croix!...

Le cor seigneurial ne retentit plus au sommet des donjons; mais du sein du frêle édifice que couronne le symbole chrétien, une voix de bronze, voix amie, annonce aux habitants l'heure du travail, l'heure du repas, l'heure du sommeil. Aux jours de fête comme aux jours de sinistre, c'est encore cette même voix qui d'un ton plus joyeux ou plus lugubre les avertit et les appelle.

Vieux refrains, soit! Mais est-il un seul être qui n'ait senti battre plus violemment son cœur lorsqu'au retour, après une longue absence, il apercevait de loin le clocher natal, *home, sweet home!*

Il serait trop à plaindre celui-là, il ne peut exister.

Et si le clocher produit une si douce impression à ceux qui reviennent gaiement après un voyage entrepris à plaisir, quelle impression ne doit-il pas faire sur le malheureux qui, après de longs jours de marche, rentre les pieds meurtris au bercail, que, dans ses heures de peine et de privation, il a vu si souvent lui apparaître en rêve? — Oh! pour lui n'est-ce pas la terre promise?

Demandez au soldat! demandez au matelot!

L'église de C... était badigeonnée à l'intérieur d'un blanc irréprochable, bordé d'une ligne jaune orange.

De chaque côté de la nef, deux rangées d'images grossièrement coloriées, représentaient la passion de Notre Seigneur Jésus-Christ. Des candélabres en bois peint et quelques fleurs dans de pauvres petits vases, tel était l'ornement de cette chapelle dallée de grandes pierres fendues dans tous les sens et usées par la dévotion des fidèles.

Dans un des coins, à gauche, deux femmes

étaient agenouillées : l'une, toute jeune, élégamment vêtue d'une simple toilette de campagne, semblait plongée dans une sorte d'extase contemplative en face d'une grossière statue en plâtre de la Vierge et de l'enfant Jésus; l'autre, dans le banc au-dessous, tenait sa tête entre les deux mains et marmottait d'interminables prières.

Ces deux femmes, dont l'une devait être la servante de l'autre, semblaient tellement absorbées devant l'autel, où la différence de leurs conditions s'effaçait, qu'elles ne nous entendirent pas entrer.

Manuel les contempla quelques instants, puis se penchant vers moi il me dit :

— Pensez-vous qu'il ne serait pas inconvenant d'essayer un croquis de ce délicieux tableau ?

Et sur ma réponse, il se blottit dans l'angle opposé de l'église, et se mit à l'œuvre.

Un rayon de soleil tamisé à travers de vieux vitraux plombés, baignait ce groupe dans un flot de lumière.

La tête de la jeune fille n'apparaissait qu'à peine de profil, et pourtant nous pouvions voir qu'elle pleurait.

Ses cheveux brillaient comme l'or, sa robe blanche et son écharpe de tulle l'enveloppaient comme un nuage, tout dans cette inconnue nous semblait rêve, rayonnement, extase.

Et pourtant elle pleurait!

Que signifiaient ces larmes?...

Pendant que Manuel tentait de saisir cette scène presque immatérielle, moi, surpris, ému, transporté, je cherchais à deviner le secret de la jeune âme qui venait ainsi s'épancher devant Dieu.

Je suis du nombre des hommes qui ne sauraient voir pleurer une femme sans être profondément touchés, et quoique celle-là me fût tout à fait étrangère, quoique sa douleur n'eût pas de mot pour moi, je sentais ses larmes me tomber goutte à goutte sur le cœur.

Manuel travaillait depuis dix minutes à peine, et son croquis commençait à prendre tournure, lorsque la plus âgée des deux femmes se leva, et s'approchant de sa maîtresse avec une respectueuse précaution, lui dit quelques mots à l'oreille. Celle-ci se redressa aussitôt, jeta encore un dernier regard profond et douloureux vers l'image de la Vierge, que ses yeux quittaient comme à regret, puis se retournant brusquement elle traversa l'église.

Manuel cacha avec habileté son album, et lui et moi nous regardâmes sortir les deux étrangères, qui ne nous aperçurent qu'en arrivant près de la porte.

La plus jeune sembla toute troublée à la vue de témoins inattendus, elle pressa le pas et toutes deux disparurent.

— Quel beau type de Marguerite avant Faust, me dit Manuel.

La jeune fille, en effet, sans avoir ce que l'on appelle d'une manière absolue la beauté, avait le charme de la grâce et de la distinction. En un mot, sans être belle, elle était charmante. De grands yeux d'une expression douce et rêveuse, des dents de nacre, un teint de brune; voilà ce que nous pûmes saisir des détails de sa physionomie. — Quant à l'ensemble : une ravissante tête encadrée d'épais cheveux blonds largement ondulés et rejetés sur le cou, une taille élancée et d'une suprême élégance, une démarche simple, sans aucune affectation et pleine d'une noblesse toute naturelle.

La suivante était une bonne vieille à figure franchement honnête, qui devait avoir élevé sa jeune maîtresse (peut-être même le père ou la mère de celle-ci), et qui semblait l'aimer comme sa propre enfant.

Je ne pus, en la voyant, m'empêcher de penser à une poule à laquelle j'avais fait autrefois couver un œuf de faisan et qui suivait son petit adoptif avec une anxiété pleine d'admiration.

Nous attendîmes quelques instants, et, mus tous deux par la même idée, nous sortîmes rapidement de l'église.

Le presbytère était à deux pas, adossé d'un côté au mur du cimetière et de l'autre à une rangée de peupliers qui bordaient une noire et étroite ruelle.

Nos deux étrangères attendaient sur les marches de cette humble maison qu'on répondît à leur coup de sonnette qui retentissait encore. — La porte s'ouvrit et se referma sur elles. — C'en était fait, la vision avait disparu...

Nous regagnâmes alors l'auberge et à peine y étions-nous, qu'un spectacle tout différent vint dissiper notre rêverie.

De brillants équipages sortaient de la grange et s'attelaient à la hâte au milieu des paysans assemblés avec leur flegme ordinaire sur la place du *Lion d'Or;* peu après une nombreuse et bruyante compagnie, — venant sans doute d'admirer le délicieux spectacle de la Semoy circulant à travers un camp de montagnes, — envahissait les abords de l'auberge et sa salle basse.

C'était la joie, la gaieté, la folie...

Il en résultait un contraste tellement frappant avec la scène de l'église, avec cette enfant en larmes devant un autel, que Manuel ne put s'empêcher de me dire :

— Si je faisais un pendant!...

Et saisissant son carton, il se mit à esquisser rapidement les divers groupes...

Tout était prêt pour le départ. On allait monter en voiture, lorsqu'une dame d'un certain âge et que nous n'avions pas encore remarquée, parut sur le seuil de l'auberge et regardant autour d'elle, dit à haute voix :

— Où donc est ma fille?

Personne ne répondit, quelques jeunes gens s'empressèrent, mais au même moment apparut une jeune personne à l'angle de la ruelle qui longe le jardin du curé.

C'était elle! Elle avait dû sortir du presbytère par une issue donnant sur ce jardin.

Pourquoi cette précaution?

Elle courait presque, en une seconde elle fut près des voitures.

— D'où venez-vous si tard? lui demanda la dame d'un ton sévère.

— Je m'étais égarée dans la campagne avec

ma bonne Adèle, répondit-elle en rougissant. La suivante fit un signe de tête affirmatif.

— Vous aviez dit que vous étiez souffrante et que vous ne vouliez pas marcher...

Les voitures partaient, leur bruit couvrit la suite de cet interrogatoire.

Elle mentait, elle avait menti! elle dont le regard était si pur. — Elle avait menti pour cacher qu'elle venait de prier dans une église et de visiter un vieux prêtre!...

— Monsieur, me répondit l'hôte quand je l'interrogeai, j'ignore quelle est cette *société;* c'est la première fois que je vois *ces gens-là;* ils venaient de loin, ils ont dit le nom du pays, mais je l'ai oublié.

Le jour commençait à baisser, nous partîmes à notre tour. Le vent s'était apaisé, aucun bruit ne venait nous distraire durant notre route à travers la forêt, et profondément absorbés tous les deux, nous fîmes près d'une lieue sans ouvrir la bouche.

Quand deux âmes sont à un unisson parfait, les paroles deviennent superflues. On se comprend sans se parler. — Cette enfant nous avait émus également et nous emportions notre émotion comme un chant qui se prolonge et qui vibre encore longtemps après qu'il est terminé. La même pensée nous préoccupait évidemment. Aussi, lorsque le premier je rompis le silence pour adresser à Manuel cette question :

— Quel âge peut-elle avoir? Il me répondit tout de suite sans hésitation :

— Pas plus de dix-neuf ans.

Pendant le reste du chemin notre conversation ne changea pas de sujet et nous convînmes de désigner notre vision, sitôt évanouie, sous le nom de Marguerite.

Nous reparlâmes bien souvent d'elle pendant les quelques jours que Manuel passa encore avec moi.

Le croquis achevé était si bien réussi, si plein de vraie inspiration, que je le suppliai en grâce de m'en laisser la première esquisse.

Quand nous nous quittâmes au chemin de fer, il me dit en montant dans son wagon :

— Si vous découvrez notre Marguerite ou si vous entendez parler d'elle, écrivez-le-moi.

Le sifflet de la locomotive répondait en ce moment au signal du chef de gare et le train s'enfuyait.

Je n'ai jamais pu voir partir un train sans un sentiment de regret et de convoitise; et celui-là plus que tout autre, je le regardai disparaître avec une réelle impression de tristesse.

La seule personne avec laquelle il m'était permis de parler de cette apparition qui commençait à occuper une place inquiétante dans mon cerveau, me quittait et me laissait seul en proie au travail de mon imagination.

Je rentrai sans bien me rendre compte, je crois, de ce qui s'agitait en moi, et je repris, dès le jour même, les habitudes de ma vie ordinaire.

II

RICHARD DE KERFONT A MANUEL LARCHER

Château de N..., le..

Cher Manuel,

Jamais le départ d'un ami n'avait laissé autour de moi un vide aussi pénible, aussi cruel que le vôtre. En vous quittant je suis remonté dans ma voiture qui m'a ramené chez moi, sans que j'eusse songé à m'en apercevoir.

Je n'ai pas même eu le courage de prendre les rênes... Je serais allé n'importe où, peut-être dans les fossés de nos remparts.

Les heures, que je ne compte pas pour qu'elles passent plus vite, me paraissent interminables, et pourtant la fatigue et l'ennui du jour sont impuissants à me faire dormir la nuit.

La cause de cette fièvre est dans mon isolement. Si je pouvais vous avoir quelque temps encore! mais je sais vos travaux; ou si seulement je pouvais aller passer une semaine près de vous!... Hélas! vous savez les exigences de ma vie.

Ne jamais pouvoir agir selon sa volonté!...

Quand je pense qu'il est dans le monde des êtres qui n'ont aucun obstacle à leurs projets... Ceux-là, il est vrai, trouvent moyen de s'en créer et de la pire espèce. C'est le manque de résolution, c'est l'indécision, et à tout prendre, ils sont peut-être plus malheureux que nous.

J'ai rencontré l'autre jour mon médecin. Je lui ai dit que je me croyais malade, il m'a regardé et m'a ri au nez, ce qui a achevé de me démoraliser.

Mais pourquoi est-ce donc que je vous raconte tous mes ennuis ? j'ai bien une excuse : notre vieille affection (*qui bene amat...*). Mais quelque puissante qu'elle soit, elle ne saurait m'autoriser à ne vous parler que de ma personne.

Croirait-on que je n'ai tant tardé à vous écrire que pour ne pas le faire trop lugubrement ? J'ai singulièrement réussi.

Et vous, mon cher ami, qu'êtes-vous devenu depuis que je vous ai vu ? Êtes-vous allé en Bretagne, avez-vous mis à l'œuvre le charmant sujet que j'ai vu naître ici dans votre carton de voyage ?... De grâce, trompez-vous un jour où la lumière ne vaudra rien, un jour de pluie, prenez votre plume au lieu de vos pinceaux et donnez-moi de vos chères nouvelles.

Je n'ai rien pu découvrir encore de notre Marguerite, elle me trotte bien souvent dans la tête et, si cela continue, vous serez bientôt obligé de me faire une seconde édition de votre croquis. Je le regarde tant que je finirai par l'user.

Tout l'horizon est en feu, l'orage sera splendide, je me hâte pour faire porter ma lettre à la ville avant qu'il ne fonde sur nous.

Tout à vous de vrai cœur, mon cher ami.

RICHARD.

P. S. Je m'aperçois qu'il y a trois fois vingt-quatre heures que je vous ai dit adieu, et il me semblait être plus vieux d'un grand mois. Si je n'arrive à secouer la disposition d'esprit dans laquelle vous m'avez laissé, l'hiver sera bien long.

MANUEL A RICHARD

Paris, le...

Mon cher Richard,

Votre lettre me rend tout confus. — J'aurais voulu vous prévenir, — mais aussi pourquoi êtes-vous tellement pressé? La plus mignonne des jolies aiguilles ciselées de votre vieille horloge se serait-elle donc à la fin lassée de ne faire qu'un tour en douze heures? Consultez du moins votre calendrier, mon cher, ou comptez les levers de l'aurore qui vous trouvent, dites-vous, sans sommeil.

Encore un peu plus et vous me demandiez si le jury de l'exposition de 1865 avait décoré mes toiles d'une médaille.

Je ne vous rirai pas au nez comme votre médecin, la médecine n'est qu'une raillerie d'un bout à l'autre. Je vous donnerai plutôt un conseil. Pensez moins à notre rencontre, et vous dormirez mieux.

Le voyage jusqu'à Paris m'a paru fort long; arrivé chez moi à dix heures, je me suis couché et, malgré la fatigue, je n'ai que fort mal dormi. Le lendemain j'ai retrouvé mon atelier, mes amis, et je me porte à ravir. Croyez-moi, essayez... Puis, nous autres artistes nous connaissons cela.

Voici mon ordonnance :

Oubli complet.

Plusieurs doses de distractions à prendre par jour. Changement d'air si c'est possible.

Dr Manuel.

Sur ce, cher malade, je prie Dieu qu'il vous guérisse au plus tôt et vous ait en sa sainte garde.

RICHARD A MANUEL

Château de N..., le ..

Vous êtes vraiment adorable, mon cher ami, et vous en parlez bien à votre aise. Vous ressemblez, ma foi, à ces docteurs millionnaires qui ordonnent les eaux, le séjour en Italie, à des malheureux à peine assez riches pour payer leur consultation.

Vous arrivez, vous, à Paris, au milieu du bruit, vous y retrouvez vos amis, vos plaisirs, cet air enfin qui remplit tout l'être (le cœur excepté pourtant), cet air qui enivre et fait oublier. — Puis vous vous écriez d'un air dégagé : Faites comme moi! Faire comme vous! mais vous savez bien que je ne le puis pas, que je suis rivé sans miséricorde au fond de ma province, où je suis bien forcé de vivre avec mes pensées tristes ou joyeuses. — Le bonheur qui vient vous surprendre au milieu de la solitude des champs et des forêts produit à coup sûr plus d'effet que celui qui vous arrache pour un instant au courant d'une vie bruyante et agitée. Si vous êtes joyeux, tout parle autour de vous, de votre joie : arbres, ruisseaux, prairies et jusqu'au moindre banc de gazon, jusqu'à la plus petite fleur. Mais si vous êtes triste ces mêmes objets se remplissent de vos tristesses et de votre chagrin.

Un chagrin ! l'ai-je bien osé dire? Ce mot dans ma bouche semble un blasphème. — Un chagrin ! Quel chagrin donc? Pourquoi serais-je malheureux, et de quoi puis-je me plaindre? — Ce mot est absurde, et je ne dois pas le prononcer. — Non, certes, je ne suis pas malheureux, et loin de me plaindre, j'ai lieu de remercier le ciel. — Je ne suis pas malheureux, et pourtant je souffre. — Qu'est-ce donc que mon état? Je ne distingue rien ; je suis sous l'influence de je ne sais quelle vague aspiration vers une sorte de fantôme qui fuit devant moi.

Quant à votre consultation, mon cher, permettez-moi d'en sourire. — Une vision de quelques secondes ne saurait avoir exercé une semblable influence sur mes idées. Je suis plus fort que cela. — Je ne connais pas cette jeune fille, je ne la rencontrerai peut-être jamais, et je n'y pense pas davantage, ou plutôt quand j'y pense c'est pour détourner mon esprit du sentier sombre et inconnu dans lequel il s'égare.

Tenez, pour vous prouver combien je redoute peu ce souvenir, je profite d'un beau dimanche, et je m'en vais à cheval me promener à C........ J'irai jusqu'à la rivière, j'entrerai aussi à l'église et je passerai toute ma journée avec vous. Je vous pardonne parce que je vous aime.

Bien à vous,

RICHARD.

MANUEL A RICHARD

Paris, le...

Mon pauvre ami,

Vous êtes très-souffrant, beaucoup plus souffrant que je ne le pensais. Prenez bien garde, ces maladies-là ont besoin d'être soignées dès le début, sans quoi l'on en meurt. Cela s'est vu. Vous me prenez pour un mauvais plaisant; avant trois mois je passerai peut-être à vos yeux pour un prophète.

Franchement j'aimerais mieux vous voir une bonne fluxion de poitrine, il suffit de ne pas se refroidir.

Je pars pour Bougival, j'éprouve le besoin de noyer mes soucis dans la Seine et dans le bordeaux bleu du père Maurice. Car vous savez — à propos — ma tartine n'est pas vendue; un ornement de plus pour mon atelier. C'est toute une histoire que je vous conterai une autre fois.

En attendant me voilà sans le sou, mais je serai toujours assez riche pour prendre le chemin de fer aller et retour.

Je vous serre les mains, mon cher Richard, et je vous plains, pourtant ça me semble drôle et je serais tout prêt à m'en amuser.

A bientôt,

MANUEL.

RICHARD A MANUEL

Château de N..., le...

Que la campagne était triste! mon cher Manuel, et comme l'hiver accourt à grands pas!

Je n'ai pas quitté le village, j'ai rôdé longtemps autour de l'église, et j'ai assisté aux vêpres d'un bout à l'autre.

Je priais, mais il faut bien en convenir, ma prière ne devait pas avoir une grande valeur.

Je priais sans m'en rendre compte, sans pouvoir suivre ou saisir ma pensée.

Peut-être ce que je prenais pour un pieux recueillement, n'était-il qu'une absorbante rêverie?

Je suis revenu plus fiévreux que la veille, mon cheval m'a ramené au pas et, après quatre heures de route, je me suis trouvé chez moi à la nuit close, sans m'être aperçu de la disparition du soleil.

Je voulais aller voir le curé de C..., pensant que par lui peut-être j'obtiendrais le mot de notre énigme. J'ai hésité longtemps avant d'entrer au presbytère, et en définitive le courage m'a manqué.

Comment aussi adresser de but en blanc à ce digne vieillard les questions qui me brûlaient les lèvres?

N'eût-il pas été en droit de me prendre pour un aventurier?

Je vais, sous un prétexte quelconque, demander à un brave abbé de mes amis une lettre d'introduction pour son collègue, et dans huit jours, *muni de cette pièce*, je me livre à une diplomatie effrénée.

Je vous ferai part immédiatement des résultats de ma négociation, sûr qu'ils vous intéresseront autant que moi.

Bonsoir, cher ami, et bien à vous,

RICHARD.

MANUEL A RICHARD

Paris, le...

Impossible de découvrir mon maudit journal, mais à cela près.

On lit dans l'*Écho de Namur :* « Le 24 du mois de... M. N... notaire à M... en Belgique, réunissait dans ses salons une société aussi nombreuse que choisie, parmi l'élite de laquelle on distinguait M. le baron et madame la baronne de C...

« Tout à coup au milieu d'un quadrille, un jeune homme qui dansait vis-à-vis de madame de C... s'arrêta tout troublé, la regarda fixement et s'écria en proie à la plus vive agitation : — De grâce, madame, fuyez, fuyez, rentrez chez vous, il n'en est que temps!

« On le prit pour un fou, mais lui, perçant la foule alla joindre M. de C..., qui se trouvait à une table de jeu. — Monsieur, lui dit-il, emmenez au plus vite madame la baronne, emmenez-la, je vous en conjure, si vous perdez une seconde vous ne ramènerez chez vous qu'un cadavre, peut-être est-il déjà trop tard.

« A la vue de cet homme, pâle, tremblant, les cheveux épars, M. de C... fut tenté de croire, lui aussi, qu'il avait affaire à un fou. Mais le ton de son interlocuteur était tellement pressant, tellement sincère, qu'il se sentit gagné par la crainte. — Qui êtes-vous donc, monsieur? lui demanda-t-il. — Le docteur X..., de Bruxelles, telle fut la réponse. C'était un coup de foudre pour le baron, il se précipita immédiatement vers sa femme qu'il emmena malgré elle avec le docteur. Tous trois montèrent en voiture, mais lorsqu'ils arrivèrent à l'hôtel de M. de C..., le mal avait fait de tels progrès qu'il ne fallait plus songer à l'arrêter.

« Un petit point noir presque imperceptible, au-dessous de l'œil, avait révélé à l'homme de la science la présence du charbon chez madame la baronne de C... etc... »

Quelle terrible chose, mon pauvre ami, que les malades qui se croient bien portants, ils sont doublement malades.

Oculos habent.....

Regardez-vous dans la glace, mon cher, et cherchez le point noir, mais tâchez surtout que votre nouvel amour ne vous fasse pas oublier

Vos vieilles amitiés,

MANUEL.

RICHARD A MANUEL

Château de N..., c..

Je ne lis pas les journaux belges, encore bien moins ce ramas de nouvelles épaisses qualifié du titre de *Faits divers.*

Fables pour fables je préfère celles du bonhomme la Fontaine.

Je les ai feuilletées bien avant de savoir lire, et je me rappelle un dessin de Granville, qui fit sur moi une profonde impression.

Un gros homme, *amateur de jardins*, est endormi au pied d'un arbre, un ours debout à ses côtés va lui lancer sur la tête une énorme pierre.

On me raconta longtemps que le gros homme était un paresseux et que le bon Dieu avait chargé l'ours de le punir à cause de ce vilain défaut.

C'est là ce que signifiaient, me disait-on,

les six vers destinés à expliquer la gravure, et cela me semblait si naturel que j'y crus sincèrement, jusqu'au jour où je parvins à assembler les lettres les unes aux autres. Alors je pus déchiffrer ceci :

> Aussitôt fait que dit : le fidèle émoucheur
> Vous empoigne un pavé, le lance avec roideur,
> Casse la tête à l'homme en écrasant la mouche,
> Et non moins bon archer que mauvais raisonneur,
> Roide mort, étendu sur la place il le couche.

Eh, parbleu! si vous êtes sage, vous trouverez votre réplique toute faite dans la fable qui suit celle-ci, la chère fable des *deux Amis* :

> Vous m'étiez, en dormant, un peu triste apparu,
> J'ai craint qu'il ne fût vrai : je suis vite accouru.
> Ce maudit songe en est la cause.

Si vous n'avez pas une excuse de ce genre à m'offrir, vous me permettrez de trouver au moins singulière votre persistance à me persuader que je suis un enfant.

Je m'ennuie, quoi d'extraordinaire que je pense à cette jeune fille? Si vous continuez, je vous préviens que je cesse de vous écrire et que je renonce à mes confidences.

À vous,

RICHARD.

MANUEL A RICHARD

Paris, le...

Presqu'un aveu! enfin nous y voici donc, mais pourquoi ces gros mots, pourquoi cet air féroce et provocateur? Holà, mon joli spadassin! Faut-il vous rendre raison? Parlez, quelles sont vos armes, je serai sur le terrain à l'heure que vous choisirez et nous nous y embrasserons.

Ce que je fais en attendant et de vrai cœur,

Tout le vôtre.

MANUEL.

RICHARD A MANUEL

Château de N..., le...

Je vous pardonne, mon cher ami, je suis trop heureux pour ne pas être plein de générosité. Hier, je suis retourné à C... avec mon talisman, la lettre dont je vous avais parlé; les portes du presbytère se sont ouvertes devant moi. La vieille servante du bon abbé s'est plus remuée en une demi-heure que ça ne lui arrive pendant tout un hiver.

A force d'intelligence elle a réussi à faire un excellent petit déjeuner de campagne que son maître m'a proposé de partager avec lui. J'avais grand faim et je mangeai peu, mais nous restâmes trois heures à table; trois petits quarts d'heure, mon cher Manuel!

J'ai naturellement raconté notre aventure à l'abbé; je brûlais de la lui dire tout au long, à peine entré chez lui, il fallut bien me modérer et arriver au fait comme à une circonstance tout insignifiante. L'abbé m'écouta sans m'interrompre, et lorsque j'eus fini il reprit :

— C'était, je crois avoir bien entendu, le premier dimanche du mois de***.

— Oui, monsieur l'abbé.

— Alors, à mon tour, écoutez-moi : Le premier dimanche du mois de***, il était près de quatre heures et je venais de rentrer, lorsqu'on sonna à ma porte.

Jeannette introduisit deux étrangères.

Je les priai de s'asseoir et voyant leur embarras je rompis le premier le silence.

La jeune fille blonde répondit à mes quelques questions, puis s'enhardissant peu à peu, elle s'informa, avec un tact au-dessus de son âge, de l'état de ma paroisse, du nombre de mes pauvres, de leurs besoins, etc. Sa conversation semblait inquiète et préoccupée.

— Ma visite, n'est-ce pas, monsieur le curé, me dit-elle tout à coup sans transition, doit vous paraître singulière? — Un hasard m'a amené dans ce village, une inspiration de

Dieu m'a conduite dans votre église, un sentiment que je ne saurais vous expliquer, que je ne m'explique pas bien moi-même, m'a poussée jusqu'ici. Sais-je ce qu'il adviendra de cette démarche? — peut-être ne vous reverrai-je jamais! peut-être !...

Tenez, monsieur le curé, je dois me taire, mais la main du Seigneur est à coup sûr dans tout ceci; vous êtes celui sans doute qu'il a destiné à me servir d'appui. Ne brisons pas ce qu'il a noué. Laissez-moi me rattacher à vous par un lien qui demeure. Mettez-moi de moitié dans quelqu'une de vos charités; faites qu'en participant à l'une de vos bienfaisances je puisse rester présente à votre esprit; un jour il se pourrait que moi aussi j'aie besoin de votre secours et de vos prières.

— Je fus un peu surpris d'abord, mais sans m'en rendre compte, je subis l'influence de cet appel touchant et mystérieux, et je ne songeai qu'à y répondre sans chercher à en pénétrer les motifs secrets.

Dans l'embrasure de la fenêtre, était assis,

plongé dans son catéchisme, un petit orphelin que je préparais à la première communion et qui chaque dimanche venait partager mes repas.

Je contais à la jeune personne, que vous avez certainement reconnue, l'histoire navrante de ce pauvre enfant, et de sa famille cruellement éprouvée de toutes façons depuis quelques années.

Elle m'écouta avec intérêt, et pendant que je parlais je pus surprendre dans ses yeux deux saintes larmes dont le parfum a dû monter jusqu'au ciel!

Elle prit alors la main de l'enfant et lui dit d'une voix semblable à celle des anges :

— Mon ami, vous aimez bien monsieur le curé, voudriez-vous m'aimer autant que lui?

— Autant? répliqua l'enfant d'un air étonné.

— Je me trompe; seulement un peu?

— Oh! oui, mademoiselle.

— Alors, monsieur le curé, continua la jeune fille, permettez-moi d'adopter avec vous ce cher infortuné, promettez-moi de m'écrire chaque fois qu'il aura besoin de quelque chose et comptez sur moi. Je ne tarderai pas à m'assurer les moyens de correspondre avec vous.

Je ne vous demande en retour que de me donner souvent de ses nouvelles et de ne pas m'oublier dans vos prières.

Et, attirant à elle mon jeune élève, elle l'embrassa tendrement en mouillant son front de larmes qui lui porteront bonheur, j'en ai la confiance.

— Mais, pardon, interrompit alors le brave abbé, il me semble que vous pleurez aussi. Je jouis donc du privilége d'attendrir tout le monde, moi?

Allons, mon nouvel ami, un verre de ce vieil exilé à la santé de votre inconnue et à l'avenir de son protégé.

— Inconnue! m'écriai-je sans songer à modérer mes impressions, inconnue! n'avez-vous donc jamais eu de ses nouvelles?

— Si fait, reprit l'abbé Landieu (car c'est le nom de ce digne homme), si fait, et pas plus tard qu'hier, j'ai reçu une longue lettre. Je commençais presque à désespérer.

L'abbé s'interrompit sur ces derniers mots.

J'eus bien de la peine à me contenir, je l'avoue, et je me mis à chercher intérieurement le moyen de pousser plus loin mes questions sans avoir l'air trop indiscret.

Il se fit alors un assez long silence pendant lequel, sans doute, l'abbé m'étudia avec soin, car renouant le premier notre entretien interrompu, il me dit en souriant :

— Nous autres prêtres, quoique vivant un peu en dehors du monde, nous n'en connaissons pas moins le cœur humain et je veux vous en donner une preuve qui vous étonnera peut-être. Savez-vous bien ce qui vous préoccupe en ce moment? — Vous mourez d'envie de lire la lettre que j'ai là; et en achevant sa phrase il se dirigea vers un vieux secrétaire d'où il tira l'objet de toute ma convoitise.

— Ah! monsieur l'abbé, m'écriai-je, que de reconnaissance!

— Allons, jeune homme, calmez-vous un

peu; mon Dieu! que vous êtes peu diplomate, vous allez m'en apprendre beaucoup plus que je n'en veux savoir.

Voilà à peu près le contenu de la lettre que me lut l'abbé Landieu :

« Monsieur le curé,

« Vous devez me croire bien oublieuse ou bien enfant et j'avoue que les apparences m'accablent.

« Il y a près de deux mois que je vous ai quitté en promettant de vous donner promptement de mes nouvelles, et je n'ai pas encore tenu ma promesse.

« Je serais bien coupable si je l'étais seulement un peu, mais je ne le suis pas du tout, et ce qui me tranquillise c'est que vous ne pouvez pas refuser d'entendre ma défense.

« Deux jours après notre départ de C... nous rentrions au château, je me sentis fatiguée, je me mis au lit, et depuis ce moment je ne suis pas sortie de ma chambre.

« Ma mère et mon père ne me quittèrent

point tout le temps que je fus souffrante. En un mot, jusqu'à ce jour, il me fut impossible d'écrire deux lignes.

« Mon état maladif inquiétait tout le monde. Ce que j'éprouvais, c'était une sorte d'ennui pesant, de tristesse vague. Je ne souffrais pas, et pourtant je changeais visiblement, j'en étais arrivée à ne plus manger et aussi à ne plus dormir. Notre pauvre docteur ne savait où donner de la tête. — Indéfinissable, répétait-il chaque fois, indéfinissable ! C'est nerveux, et la médecine ne peut rien sur les nerfs. Elle peut tout au plus les calmer.

« Un jour il prétendit que le mal devait être dans la tête, dans l'imagination, et prenant ma mère à part, il lui fit subir un long interrogatoire qui ne lui fournit sans doute pas grande lumière, car il revint à moi tout déconcerté en murmurant son mot favori : *Étrange ! Étrange !*

« Lorsque la visite fut terminée, je me pris à réfléchir. Le vieux médecin pouvait peut-être bien avoir raison, et c'est ce que je me suis dit. Le principe de mon mal était un découragement profond qui m'avait saisie à mon retour de C... Il fallait donc tâcher de vaincre cet état de langueur, et dès ce moment mes efforts tendirent à ce but.

« Vous me fûtes, monsieur l'abbé, d'un grand secours, et souvent en pensant à vous, je me disais: Si le curé de C... me voyait, il me gronderait bien sûr de me laisser abattre ainsi, il me prouverait qu'il y a dans cette action quelque chose comme un suicide, que je dois vivre, quand ce ne serait que pour les autres, que pour mon petit protégé.

« Alors je reprenais peu à peu courage, mes forces revenaient, et aujourd'hui je suis beaucoup mieux. Mon pauvre père a retrouvé la figure qu'il a les jours où il me croit heureuse, les jours où je me porte bien, et cela m'est si doux de le voir content, que je veux lutter. Oh! oui, je lutterai, je serai forte. Mais, pardon, monsieur l'abbé, il y a deux mois que j'aurais dû vous écrire, et lorsqu'après ce long temps je romps enfin le silence, c'est pour ne vous parler que de ma personne. Il est vrai qu'il fallait bien m'excuser. »

En voilà trop déjà pour une lettre, j'ai pitié de vous et je veux vous laisser respirer. Tout à vous, mon cher Manuel, et à demain.

RICHARD.

RICHARD A MANUEL

C..., le...

« Et notre cher enfant, monsieur l'abbé, il a assurément oublié déjà celle qu'il avait si gentiment consenti à aimer un peu ? C'est bien sa faute à celle-là, mais elle ne l'a pas oublié, elle, et dans ses longs jours de tristesse, elle a bien souvent évoqué son souvenir.

« Le moment de la première communion approche, combien son pauvre petit cœur doit être joyeux ! Mon Dieu, que ne puis-je être à sa place ! Que je voudrais seulement le voir dans ses vêtements de fête, s'avançant vers l'autel couvert de fleurs, comme les anges du Paradis doivent s'avancer vers le trône du Tout-Puissant, et allant recevoir, de vos saintes et vénérables mains, ce pain céleste, non pas tant pour purifier son âme, si pure et si candide, que pour la préparer à subir les épreuves de la vie.

« Faites au moins, monsieur l'abbé, qu'il ne m'oublie pas dans ses prières; faites, n'est-ce pas? que ce jour-là surtout, il prie plus fervemment encore pour moi la Sainte Vierge, la divine protectrice que votre affection lui a choisie pour patronne. »

— A cet endroit, interrompit l'abbé, une goutte d'eau, ou une larme, peut-être, est tombée sur le papier dont elle a enlevé le satin, et comme si cette larme était venue arracher la jeune fille à un ordre d'idées qui débordaient de son cœur, elle continue ainsi :

« Je vous envoie, par la poste, mes petites économies de jeune fille qui vous aideront dans votre œuvre de dévouement, et je vous remercie de grand cœur de m'avoir fourni l'occasion d'en faire un si bon usage. Agréez, monsieur le curé, l'expression des sentiments respectueux de votre très-humble servante.

« Mademoiselle Adèle Colin, au château de Saint-X... près Namur. »

— Pas d'autre signature que cette adresse.

« *P. S.* — Je serais bien heureuse d'avoir un croquis de la petite église de C... Si la chose était possible, je vous recommanderais de ne pas m'oublier. »

— Et vous allez répondre à cette lettre, dis-je à l'abbé Landieu, quand il eut achevé sa lecture.

— Naturellement.

— Ah! c'est que... c'est que j'avais le projet d'aller moi-même ces jours-ci à Saint-X... et que j'aurais pu me charger de votre message.

— Eh bien! soit, mais à une condition expresse, vous me promettez que si vous parvenez à découvrir le nom véritable de votre inconnue, vous ne lui remettrez en aucun cas cette lettre vous-même? Que vous ne chercherez pas à la voir, et que vous ferez en sorte qu'on ignore votre présence à Saint-X...?

— Je vous le promets.

— Je ne suis pas dupe, vous le pensez bien, mon cher enfant (permettez-moi cette familiarité), de la nécessité de votre voyage. Mais passons; au surplus je ne suis pas fâché de savoir à qui j'ai affaire, car il n'est pas permis de croire un instant que le nom d'Adèle Colin soit celui de la jeune fille, qui a cru devoir, j'ignore dans quel but, conserver vis-à-vis de moi l'anonyme. Enfin, allez, et surtout soyez prudent.

Le jour déclinait sensiblement, je dus prendre congé du curé qui m'accompagna jusqu'à l'auberge où était mon cheval, et me promit de m'envoyer le lendemain ou le surlendemain la lettre avec laquelle je dois me mettre en campagne.

A bientôt, je vous serre les mains,

RICHARD.

MANUEL A RICHARD

Paris, le...

Eh bien! Qu'est-ce que je disais?

J'étais un fou, et voilà que mes paroles s'accomplissent. On lapidera donc toujours les prophètes!

Bonne chance, mon cher ami, et tout à vous, en courant,

MANUEL.

RICHARD A MANUEL

Château de N..., le...

Vous étiez vraiment bien un prophète et il n'y a pas encore tout à fait quatre mois que je vous taxais de folie!

Oui, mon cher Manuel, j'aime ! j'aime à en perdre la raison.

Je reçois enfin la lettre tant attendue de l'abbé Landieu, et je pars.

Je ne puis vous dire à quand mon retour. Cela dépendra de tant de choses !

Votre vieil ami,

RICHARD.

RICHARD A L'ABBÉ LANDIEU

Saint-X..., dimanche...

Cher monsieur l'abbé,

Je suis arrivé ici vers onze heures et demie, brisé de fatigue ; — pas une maison ouverte à une pareille heure ; — et ce ne fut qu'avec toutes les peines du monde que je parvins à trouver asile dans une misérable auberge, où heureusement la propreté tenait lieu de confortable. Je n'ai pu fermer l'œil de la nuit, et ce matin j'explorai le village bien avant le jour.

Ce que je cherchais ne fut pas difficile à découvrir. — A l'extrémité d'un chemin escarpé qui monte à droite de la grande route (devenue à cet endroit la grande rue du village), s'élève une énorme maison carrée, protégée en avant par un mur de quatre pieds rehaussé d'une grille, et donnant de l'autre côté sur un vaste parc clôturé de murailles. — Cette maison, percée d'innombrables fenêtres qui la font ressembler à une caserne,— et coiffée d'un toit gigantesque, — est ce que l'on appelle le château.

Toutes les issues en semblaient soigneusement fermées, et, à l'aspect extérieur de l'habitation, on jugeait que les habitants devaient vivre complétement chez eux, aimant à se défendre autant que possible des regards indiscrets.

Non loin du château était l'église ou plutôt la chapelle, misérable petite construction fort délabrée et dont j'attendis l'ouverture avec une impatience fébrile. — Là, en effet, je comptais retrouver la jeune fille qui m'était apparue pour la première fois plongée dans une fervente prière.

L'heure de la messe tarda bien à venir. — Je me plaçai, à droite de la porte d'entrée, dans un coin obscur d'où, sans attirer l'attention de personne, je ne pouvais manquer de voir passer devant moi tous ceux qui arrivaient.

Peu à peu l'église s'emplit au son de la cloche qui battait moins fort que mon cœur.

Le curé monta à l'autel... la messe se chanta tout entière, et lorsque la foule commença à se retirer, je restai cloué dans ma cachette, à moitié anéanti et incapable d'un mouvement, d'une pensée peut-être.

Le sacristain venant fermer les portes me tira heureusement de ma léthargie; je sortis devant lui, et après m'être promené encore quelques instants aux environs de l'église, je me dirigeai de nouveau vers le château.

En passant devant la grille, il allait être midi, j'aperçus un monsieur à favoris gris, à tête chauve, cravaté de blanc et vêtu d'un habit noir, qui circulait grave et roide près de l'habitation.

Je me figurai que cet homme ne pouvait être qu'un médecin, et aussitôt des inquiétudes de toute sorte vinrent en foule assiéger mon imagination. — La jeune fille était sans doute redevenue souffrante, gravement souffrante peut-être, si gravement que le docteur ne quittait même plus le château.

Mais comment se faisait-il que personne n'ait pu se rendre un instant à l'église? n'était-ce pas au contraire le cas d'aller prier Dieu pour lui demander de faire un miracle? Il fallait qu'elle fût mourante, qu'on eût perdu tout espoir.

Plein de ces funestes idées, je me mis à courir la campagne, remuant cent projets dans ma tête.

Qui questionnerais-je? Si j'allais voir le curé? Mais il habitait une paroisse voisine; puis ma promesse!...

Après plusieurs heures de promenade sans

but, je revins à l'église pour les vêpres, et je ne fus pas plus heureux que le matin.

Enfin je rentrai à l'auberge, je me fis donner ce qu'il me fallait pour vous écrire (ce ne fut pas facile à rassembler), et me voici à moitié mort de froid et la tête en feu.

Je m'en vais me faire servir à dîner, bien que je n'aie pas faim. Ce sera une bonne occasion pour questionner l'aubergiste.

Ce bon Belge, maigre comme un fil de télégraphe et lourd comme un édifice public, sort d'ici ; je n'ai pu lui faire comprendre que je désirais dîner dans ma chambre, et j'ai pris le parti de descendre *à la salle ;* en somme, j'aurai moins froid et la conversation sera plus commode à engager.

J'ai déjà demandé à mon hôte à qui appartient le château.

Il m'a répondu :

— A M. le baron Rayre.

Ce nom, tout à fait inconnu pour moi, ne fait qu'obscurcir le mystère que je brûle de pénétrer.

Je suis brisé, je doute que je puisse continuer ma lettre ce soir. A demain!

RICHARD A L'ABBÉ LANDIEU

SUITE DE LA LETTRE PRÉCÉDENTE

Saint-X..., lundi...

J'ai passé hier une partie de ma soirée à causer, sous une énorme cheminée de pierre, avec mon hôte et sa femme, ou pour mieux dire à les faire parler. Dieu sait si dans cet honnête pays c'est chose aisée.

Je les amenai enfin par mille détours sur le sujet qui m'intéresse et voici à peu près la conversation que nous eûmes ensemble :

— Est-ce que la famille Rayre est originaire de cette province? demandai-je tout d'abord après quelques questions sur le château.

— Pardonnez-moi, monsieur, le baron Rayre doit être un Français qui a fait sa fortune en Hollande, je ne sais dans quel commerce.

— Mais comment est-il venu s'établir ici?

— Ah voilà : le château, *savez-vous*, appartenait à une ancienne famille de Rochecœur, qui était autrefois maîtresse de tout le pays. Cette famille fut fort éprouvée à l'époque de la grande révolution, et lorsque le dernier chevalier de Rochecœur mourut ici en 1834, un parent éloigné, son seul héritier, mit le bien en vente.

— C'est alors que l'acheta M. Rayre?

— Oui, c'est du reste un homme très-riche et très-considéré, mais on le voit fort peu. Les anciens propriétaires connaissaient tout le monde dans le pays et appelaient chacun par son nom. Ceux d'aujourd'hui n'y connaissent pas deux personnes. Ils font pourtant du bien, mais par-dessus la grille ou par-dessous la porte.

— Ne sont-ils pas à Saint-X... en ce moment?

— Pardon, monsieur, pardon...

— Je supposais le contraire, parce qu'hier

je suis allé à l'église, et il m'a semblé n'y voir aucun habitant du château.

— Ah! je crois bien, monsieur, vous les auriez tout de suite reconnus à leur élégance. — Ça vous a un genre qu'il n'y a rien de plus distingué à Paris. — A Bruxelles, du reste, on est aussi avancé aujourd'hui qu'à Paris, *savez-vous.* — Mais la famille Rayre ne va jamais à l'église.

— Pourquoi donc?

— Parce que madame Rayre, née en Hollande, est protestante, et protestante enragée.

— Et monsieur Rayre, est-il aussi protestant?

— Lui, il est catholique; mais, vous savez, pour avoir la paix chez lui... puis ces gens-là, ça a tout ce que ça désire, ça ne tient pas beaucoup à aller prier le bon Dieu.

— N'ont-ils pas d'enfants?

— Si fait, monsieur, deux jeunes filles.

— Qui sont protestantes comme leur mère, — vous êtes bien sûr?

— Aussi sûr que je vous vois. — A preuve

qu'il y a au château un monsieur qui a l'air d'un huissier en chasse, — qu'on dit que c'est un ministre, et qui leur chante la messe le dimanche dans l'ancienne chambre qui servait autrefois de chapelle.

— Les enfants de M. Rayre sont tout jeunes, m'avez-vous dit?

— Faites excuse, monsieur, l'aînée va avoir bientôt dix-neuf ans et c'est une belle demoiselle, bien bonne à ce qu'il paraît, — même que, dans le village, il court des bruits sur son compte.

— Des bruits! et de quelle nature?

— On dit qu'elle fait du bien en cachette aux malheureux et que, quelquefois, elle va les soigner, ne leur demandant que le secret en échange de ses bontés.

— Comment, une jeune fille ose-t-elle s'exposer... toute seule?...

— Oh! pas toute seule; — elle est toujours accompagnée d'une vieille bonne qui l'aime comme si elle l'avait mise au monde, — et qu'il ne s'en faut de guère, — puisqu'elle a été la nourrice du baron. — Il n'y a qu'elle parmi les domestiques du château qui soit catholique, — et tant que M. Rayre vivra, elle ne quittera pas la maison, celle-là.

— Cette vieille bonne ne s'appellerait-elle pas par hasard Adèle Colin?

— Mon Dieu oui, monsieur; tiens, vous la connaissez donc? — Vous en savez peut-être bien plus long que nous, vous qui faites l'ignorant.

— Je vous assure que non...

— Bah! bah! il m'est avis que vous pourriez bien être le jeune cousin dont on parle et qui doit, dit-on, épouser mademoiselle Rayre. — Voilà ce que c'est que de ne pas se retenir de jaser. J'y suis encore pris.

— Mes amis, je vous jure que je ne connais ni la famille Rayre ni son cousin, et si je sais ce nom d'Adèle Colin, c'est qu'on m'a prié de vouloir bien me charger d'une lettre à cette adresse :

Mademoiselle Adèle Colin,

Saint-X...

Lisez plutôt.

Cette preuve acheva de rassurer mes hôtes, et nous nous séparâmes.

Ai-je besoin d'insister sur les diverses émotions qui m'agitèrent pendant ce dialogue.

Fiancée! protestante!

Protestante, elle que j'avais vue, il y a deux mois à peine, prosternée avec tant d'amour aux pieds de la Vierge de C....! Non! — Cela n'est pas possible. — Mais qui me dit au fait que la jeune fille de C.... soit bien mademoiselle Rayre? Il faut au moins que je voie la vieille femme de chambre, — que je la questionne, — cela ne m'est pas interdit par ma promesse.

Toute la nuit, cette idée me remplit le cerveau et me tint éveillé. J'étais levé déjà lorsque, le matin, mon hôte vint frapper à ma porte en me disant :

— Monsieur, voici mademoiselle Adèle qui descend, à la poste sans doute, et si vous voulez je lui remettrai votre lettre, quand elle remontera.

— Je la lui donnerai moi-même, répondis-je.

J'attendis environ dix minutes devant la porte de l'auberge, et bientôt j'aperçus la vieille fille que je n'eus pas de peine à reconnaître. Grâce à ma longue barbe de deux mois qui changeait toute ma physionomie, je l'abordai sans crainte : — Je suis chargé d'une lettre pour vous de la part d'un ecclésiastique que vous connaissez, lui dis-je.

— L'abbé Landieu de C.....?

— Précisément, mais comme je dois ne la remettre qu'à mademoiselle Adèle Colin, permettez-moi encore quelques questions : N'êtes-vous pas allée passer une journée à C....., le 15 ...., avec la famille Rayre?

— Oui monsieur.

— Et vous fîtes ce jour-là une visite à l'abbé Landieu, avec mademoiselle Rayre!

— Avec mademoiselle Noémie Rayre; comment, vous savez? Oh! de grâce, monsieur, ne dites ici un mot de cette aventure à personne.

— Je vous le promets. Mais l'abbé Landieu

m'a recommandé de lui rapporter des nouvelles de la santé de mademoiselle... Noémie, vous venez de dire, il me semble?

— Pauvre jeune fille, monsieur, elle est toujours bien triste; ils vont chercher au loin la cause de son mal, et cette cause est pourtant bien près d'eux!

— C'est...?

— C'est bien simple, monsieur; puisque l'abbé Landieu a mis sa confiance en vous, je ne vois pas pourquoi j'hésiterais à vous accorder la mienne. La cause des souffrances de mademoiselle, c'est qu'elle aime une autre religion que celle qu'on la force à suivre, la religion de son père, de mon pauvre enfant que j'ai pris, moi, à l'entrée de la vie, au moment où Dieu lui enlevait sa mère, et que j'ai élevé.

— Mais il ignore donc, lui?

— Mon Dieu! monsieur, j'allais peut-être me résoudre à lui dire la vérité, lorsque, il y a quelques jours, il est tombé malade, et son état inspire des craintes assez graves pour qu'on m'envoie ce matin à la poste porter une lettre qui demande un médecin de Bruxelles. Mais adieu, monsieur, je suis pressée de rentrer; mon pauvre enfant ne veut que les soins de sa vieille Adèle et ceux de mademoiselle Noémie, qui puise dans son amour filial un courage au-dessus de ses forces.

Au moment où cette brave fille me quittait, je me rappelai le désir exprimé par sa jeune maîtresse, je lui remis de votre part, pour mademoiselle Noémie, le croquis que vous connaissez et que j'avais sur moi.

Elle me remercia et s'éloigna en courant.

Je pars tout à l'heure, quoiqu'à regret, mais je n'ai plus rien à faire ici.

A bientôt, monsieur le curé, croyez, je vous prie, à mes sentiments les plus respectueusement dévoués.

RICHARD.

Quand vous aurez lu ma lettre, n'oubliez pas de l'envoyer, comme c'est convenu, à Manuel, 23, rue d'Enfer (Paris).

MANUEL A RICHARD

Paris, le...

Avez-vous déjà remarqué, mon cher Richard, à combien peu de chose tiennent les événements les plus graves de notre pauvre existence, et comme ils s'enchaînent fatalement. Pour moi j'ai toujours trouvé un certain plaisir à rechercher leur source.

Il y a deux ans, nous nous connaissions à peine de nom, et c'est le plus grand des hasards qui a cimenté notre amitié. Malgré vos affectueuses invitations, j'ai failli ne pas aller vous voir, cela dépendait de la vente de mon tableau. La commission d'achat le distinguerait-elle au milieu de la foule? La chance me favorisa, et plus riche que je ne m'étais jamais figuré qu'on pût l'être, je partis pour aller vous rejoindre. Vous souvenez-vous, que, la veille de notre promenade au bord de la Semoy, nous n'y songions guère? — Nous avions accepté une invitation pour une partie de pêche, qui, venant à manquer par suite d'un contretemps tout imprévu, nous laissa hésitants sur l'emploi de notre journée.

Nous choisîmes le village de C......, noyé parmi tant d'autres buts en aussi grand nombre que les tableaux du Salon, au milieu desquels se perdait ma modeste toile. — Il pouvait pleuvoir ce jour là, et le soleil ne fut jamais plus éclatant. — Le voyage de tout ce monde, que nous rencontrâmes, était soumis sans doute à trois fois plus de chances que le nôtre, et, malgré tout, nous nous sommes rencontrés.

Le hasard — a dit quelque part un de nos plus charmants auteurs — est le nom que prend Dieu, quand il veut conserver l'anonyme.

On ne saurait évidemment admettre la fatalité, et que de fois pourtant son doigt semble apparaître !

Je suis allé hier à Bougival, et je m'y suis horriblement ennuyé, la gaieté folle que je rencontrais partout me trouvait indifférent, et ne faisait qu'augmenter ma tristesse. — Comme les dispositions d'esprit changent aisément! fou hier, sombre aujourd'hui.

Je reçois à l'instant votre lettre que m'a envoyée l'abbé Landieu; j'ai voulu la lire avant de fermer la mienne. Singulière aventure! Qui sait ce que tout cela deviendra? et qui eût pu prévoir?... Enfin!... Je vous souhaite bonne chance.

Bien à vous de tout cœur,

MANUEL.

RICHARD A MANUEL

Château de N..., le...

Je vous écris ce matin, tout entier encore sous l'impression de la touchante cérémonie à laquelle j'ai assisté hier. Vous savez déjà qu'hier, c'était la première communion à C... J'y fus de bonne heure, et je trouvai une place que l'abbé Landieu m'avait réservée dans le chœur de son église.

Rien au monde, mon cher ami, ne jouit du privilége de m'émotionner à un plus haut point qu'une première communion. Quand je considère ces enfants si purs, si candides, ne connaissant encore rien, pour la plupart, des peines sérieuses de la vie, s'avancer en deux longues files vers l'autel, je ne puis m'empêcher de songer à la différence des destinées qui les attendent.

Dans les grandes villes surtout, ces réflexions sont profondément navrantes.

Ils sont là, ces pauvres petits êtres, vêtus tous des mêmes habits qu'un grand nombre doivent à la charité publique, confondus tous, riches et pauvres, comme ils le seront un jour devant le tribunal suprême; ils sont là, tremblants de joie et d'impatience, pleins de foi, pleins d'espérance, pleins d'amour pour ce divin Sauveur qui les appelle à lui: *Sinite parvulos.....*

Mais si vous les suivez hors de la maison de

Dieu, ces chères créatures, comme le spectacle change tout à coup! Vous les voyez rentrer, les uns au milieu d'un taudis où ils ne trouvent que misère et dégradation; les autres, au milieu d'une honnête famille, où leur retour est fêté avec bonheur. Vous les voyez accueillis, ceux-ci par les bénédictions de leurs parents, par de bons et sages conseils; ceux-là par des blasphèmes, qui ne respectent même pas leur innocence, qui ne respectent pas Dieu qui est en eux.

Que deviendront donc ces enfants pris dans des conditions si disparates, entourés dans la vie d'exemples si différents? Quel est le but vers lequel ils marcheront? Est-ce l'honorabilité? Est-ce la gloire? Est-ce l'hôpital? Est-ce la prison? Est-ce l'échafaud qui les attend?

Et combien ces pensées sont plus tristes encore, quand on songe à ces jeunes filles toutes vêtues d'un blanc qui n'est pas plus blanc que leur âme! Que deviendront-elles? Saintes mères de famille, ou femmes perdues?...

Dans le petit village de C... les enfants qui

faisaient leur première communion, sauf le protégé de mademoiselle Rayre, étant placés tous à peu près dans les mêmes conditions, la cérémonie n'avait pas, par elle-même, ce côté triste. Ce qui vint l'attrister, ce fut le sermon de l'abbé Landieu :

« Mes amis, mes enfants, disait-il du haut de cette primitive et modeste petite chaire que vous connaissez, est-il un plus beau jour, pour nous autres prêtres, que celui où nous présentons à Dieu tous ces petits cœurs, préparés par nos leçons, au plus saint de tous les sacrements ! Nous mettons à notre œuvre notre joie et notre gloire, et nous voyons ce jour arriver avec une satisfaction aussi grande que celle d'une mère au premier sourire, à la première caresse de son enfant; aussi grande que celle du peintre, du statuaire, du poëte, donnant un dernier coup à une œuvre qui doit lui conquérir l'immortalité; mais cette satisfaction si douce, mes enfants, je crois bien la goûter ici pour la dernière fois. Avec l'âge mes forces baissent, et mes souffrances augmentent. Quelque chose me dit que je vais bientôt voir Dieu. Quand il lui plaira de m'appeler à lui, je suis prêt, je quitterai cette terre sans autre regret que celui de n'avoir pu y faire autant de bien que je l'eusse voulu. Je la quitterai sans une pensée amère pour qui que ce soit, et avec la conscience de n'avoir jamais souhaité de mal à personne.

«Vous le savez, mon Dieu, je n'appelle pas la mort, mais lorsque je la verrai s'avancer, je m'écrierai comme votre fils : Que votre volonté soit faite, mon père ! *Fiat voluntas !* »

Les assistants pleuraient en entendant ces paroles prononcées sans emphase, simplement, comme si c'eût été un père parlant à ses fils, et lorsque l'abbé descendit de chaire, chacun eût voulu lui baiser les mains. La cérémonie s'acheva au milieu du plus admirable recueillement, et à son retour au presbytère, je demandai à l'abbé l'explication de ses paroles sinistres.

Il me raconta que depuis longtemps, il souffrait d'une maladie fort grave qui avait fait de rapides progrès durant ces derniers mois.

Son élève, qui l'écoutait avec de grosses larmes dans les yeux, se jeta à son cou lorsqu'il eut fini de parler, en s'écriant :

— Oh! monsieur le curé, le bon Dieu ne voudra pas que je devienne encore une fois orphelin.

— Sois tranquille, mon enfant, répondit le digne homme en me regardant, je te laisserai à de bons amis qui auront soin de toi.

Le pauvre petit soupira tristement et ne put manger tout le temps du dîner.

Avant de partir pour les vêpres, l'abbé Landieu me pria de lui servir de secrétaire. Jugez de ma joie quand il me dicta la lettre suivante :

« C..., le...

« Mademoiselle,

« Votre protégé a fait ce matin sa première communion; il a prié pour vous sa divine patronne avec toute la ferveur de sa jeune âme, et, bien sûr, Notre-Seigneur, qui aime tant les enfants, exaucera sa prière. C'est mon vœu le plus ardent.

« Comme souvenir de ce jour, mademoiselle, je vous envoie le livre dans lequel, chaque soir, je faisais lire Marie-Jean pour le préparer dignement à la sainte table. Quand les pensées tristes viendront vous assiéger, méditez ce livre, vous y trouverez de profonds enseignements, de sérieuses consolations, et en les savourant vous voudrez bien, je l'espère, vous rappeler quelquefois

« Votre bien dévoué et très-respectueux serviteur,

« L'abbé Landieu.

« Ma main est devenue si tremblante que j'ai dû avoir recours à un secrétaire obligeant. »

Que signifie donc votre lettre, mon cher Manuel, et que vous arrive-t-il? Si je n'étais moi-même dans la disposition d'esprit que vous savez, je vous retournerais la plaisanterie que vous m'avez adressée, il y a quelques mois. L'occasion, il me semble, serait assez bien choisie pour me venger. Mais rassurez-vous, je ne serai pas si cruel, seulement expliquez-vous.

A vous de vrai cœur,

RICHARD.

MANUEL A RICHARD

Paris, le...

L'autre jour ma lettre semblait vous étonner, et vous me demandiez des explications; eh bien! voici toute la vérité: Dimanche dernier, j'allai dîner à Bougival, — chez un vieux garçon, — ex-agent de change, fort riche et fort joyeux viveur. Je trouvai là trois ou quatre femmes, entre autres une madame de Saint-Arles et sa fille, ravissante jeune personne coiffée de grandes boucles à l'anglaise et réalisant d'une manière absolue ce type si rare et si éblouissant des Irlandaises blondes.

Placé en face de cette jeune fille dont la distinction m'avait surpris tout d'abord, je ne cessai de l'observer tant que dura le dîner.

Son allure était des plus singulières ; modeste, embarrassée même par moment, elle atteignait, d'autres fois, à un degré de licence de paroles contrastant péniblement avec sa jeunesse... Elle s'exaltait, et arrivait progressivement, à dire les choses les plus extraordinaires, en rougissant comme si elle avait eu honte d'elle-même. Alors sa figure s'animait, sa voix avait un accent fiévreux, ses yeux prenaient une physionomie étrange, et à plusieurs reprises je surpris une larme brillant dans ses yeux ainsi qu'une perle. C'était une sorte d'ivresse à laquelle on eût dit qu'elle demandait l'oubli. Puis, elle retombait tout à coup, abattue, anéantie, dans un état semblable à celui qui succède à une crise de délire.

En un mot, on trouvait chez elle, — à côté d'une allure déconcertante, — une fraîche candeur qui est pour les jeunes filles comme le velouté des fruits; mais il ne fallait pas être bien fin observateur pour distinguer que cette dernière était naturelle, tandis que l'autre n'était que factice.

Après que nous eûmes fini de dîner, mademoiselle de Saint-Arles sortit, malgré le froid, ou plutôt s'esquiva sans rien dire; je la suivis, sous prétexte de lui offrir son manteau, et lorsque je l'abordai, ma présence parut lui être désagréable; elle se retourna subitement, et, grâce à un rayon de la lune, je la vis essuyer des larmes.

Je résolus, dès lors, de pénétrer l'étrange mystère qui devait entourer cette intéressante créature. Je tins bon, j'engageai résolûment la conversation sur la peinture, et j'offris à mademoiselle de Saint-Arles de faire son portrait. Elle finit par accepter sans trop de difficultés, avec une sorte de joie tout enfantine, et, dans huit jours, j'aurai ma première séance, dont je vous promets un fidèle compte-rendu.

Nous pouvons, je crois, nous donner la main, mon cher ami, et je serre bien affectueusement les vôtres.

Tout à vous,
MANUEL.

RICHARD A MANUEL

Château de N..., le...

Vous convenez donc, mon bel invincible, qu'il n'est jamais prudent de trop se moquer des autres.

Je suis allé hier à C... Le pauvre abbé baisse de jour en jour, je crains bien que ses pressentiments ne soient que trop tôt réalisés. Il venait de recevoir de mademoiselle Rayre une lettre, qu'il s'est empressé de me faire lire ; voici à peu près ce qu'elle contenait ; je la sais par cœur :

« Merci et pardon, monsieur l'abbé, merci parce que vous voulez bien me continuer votre bonne affection, qui m'est si précieuse, pardon pour ne pas vous avoir écrit plus tôt.

« Depuis votre lettre, qu'un étranger a remise à ma bonne Adèle, j'ai été si gravement et si tristement préoccupée qu'il m'a été complétement impossible de vous répondre.

« Je suis bien malheureuse! — la santé de mon père est toujours aussi inquiétante, et s'il plaisait à Dieu de me le retirer, — que deviendrais-je? hélas!

« A ces tourments s'ajoute encore un autre souci : ma mère me presse, du matin au soir, pour me faire consentir à un mariage dont je ne veux à aucun prix; — mariage avec un de mes cousins, — bon et honorable garçon, du reste, mais qui, pour des raisons que vous saurez peut-être un jour, ne peut me convenir.

« Pauvre Raoul! s'il pouvait se douter qu'il est pour moi une cause de chagrin, — il serait désespéré et se retirerait bien vite, — car s'il m'aime, c'est bien plutôt comme une cousine que comme une fiancée.

« Je vous quitte et je retourne auprès de mon

père. Priez pour lui, monsieur l'abbé, priez pour moi.

« Votre très-humble et bien affectionnée servante,

« Noémie.

« *P. S.* Un messager vous remettra ces jours-ci mes petites économies pour notre cher enfant, que j'embrasse.

«Le croquis que vous m'avez envoyé m'a confondue; qui donc a pu nous surprendre ainsi?

« Adèle prétend que ce sont deux étrangers que nous avons aperçus, en effet, dans l'église.»

Je crois inutile de vous dire l'impression que m'a causée cette lettre.

Écrivez-moi à C.... Je m'en vais y passer quelques jours près de l'abbé Landieu, que je tremble de laisser seul.

Tout à vous,

Richard.

RICHARD A MANUEL

C..., le...

Mon cher Manuel,

Je suis complétement installé au presbytère, dans une petite chambre dont les fenêtres donnent sur le cimetière, et je me trouve dans une disposition d'esprit telle que ce voisinage ne m'effraye pas. — Chaque soir, presque, je fume mon cigare à la fenêtre et il m'arrive souvent de m'y attarder dans une profonde méditation qui ne manque pas d'un certain charme.

Tombes et fumée, cela va si bien ensemble!...

L'abbé ne quitte plus son lit, et je passe ma journée assis à son chevet. — Plus je pénètre cette franche et noble nature, plus je la trouve sympathique. Sous une enveloppe un peu commune peut-être au premier abord, quelle délicatesse exquise de sentiment, que de bonté, que de droiture, que de générosité! — que de résignation et que de courage aussi! Il veut absolument se faire porter à l'église dimanche pour dire la messe; tant-qu'il lui restera une étincelle de vie, il veut la consacrer à son ministère.

Quel trésor inépuisable, mon cher ami, qu'une foi aussi ferme! Pas un regret, pas un murmure, pas une plainte; — les souffrances les plus vives, — il supporte tout avec joie, avec reconnaissance, comme un acheminement vers le plus ineffable de tous les bonheurs, — vers la félicité éternelle.

« Je m'en vais donc voir Dieu! » s'écrie-t-il parfois.

Cette tâche d'assister un mourant, — qui m'avait toujours semblé devoir être si pénible, — n'a, dans ce cas, rien que d'édifiant, que de fortifiant. — Si tout le monde mourait de la sorte, la mort ne paraîtrait plus redoutable.

Presque chaque jour l'abbé me dicte quelques lignes pour mademoiselle Rayre; ce sont de touchantes leçons de religion et de vertu. On pourrait croire qu'il les donne du seuil du ciel qu'il entrevoit déjà. — Avec quelle puissance convaincante, avec quelle douceur évangélique, avec quelle tendresse paternelle il démontre les vérités de la foi catholique! — Sous quelles délicieuses couleurs il peint le plus poétique en même temps que le plus suave de tous les cultes, — le culte de la Mère de Dieu! Il atteint parfois une éloquence véritable qui semble puiser ses inspirations bien au delà de ce monde.

L'approche de la mort, dont je vois chaque jour les rapides progrès, — m'alarme bien plus que lui, — et c'est lui qui me soutient et me console.

Les habitants de C.... sont tous dans la consternation; pas un, — matin et soir, — ne manque de venir s'informer de la santé de l'abbé. — C'est un père qu'ils perdront et nous un ami inappréciable.

Bien à vous de vrai cœur, mon cher Manuel,

RICHARD.

NOÉMIE RAYRE A L'ABBÉ LANDIEU

Saint-X..., le...

Que je souffre, mon Dieu! et que vous a donc fait votre pauvre servante, qui puisse attirer sur sa tête un coup aussi cruel? Quand je pense, monsieur l'abbé, que je vous ai dit quelquefois que j'étais bien malheureuse!... Mais je ne soupçonnais pas alors ce que c'est que la douleur : et il ne peut y en avoir de plus complète, — de plus horrible, — de plus cruelle que celle qui m'accable. — Ah! bien sûrement la douleur ne fait pas mourir, puisque je ne suis pas morte. — Morte! Ce mot me donne le vertige. — Mais pourquoi donc ne suis-je pas morte aussi, moi? — Pourquoi le spectre hideux de la mort ne m'a-t-il pas atteinte du même coup qui me ravissait tout ce que j'avais de plus cher au monde? Pourquoi m'a-t-il épargnée?... Si ce n'est par un excès de cruauté féroce! — Mon pauvre père, pourquoi n'étais-je pas à ses côtés? Pourquoi nos deux âmes ne s'envolaient-elles pas, — unies comme elles l'avaient été sur terre, — vers le tribunal du juge suprême? Ah! monsieur l'abbé, vous ne saurez jamais ce que je souffre depuis une semaine; — je n'ai plus de larmes, — je ne puis plus pleurer! — Parfois encore la réalité me semble impossible, — je ne veux pas y croire, — je me figure être sous l'influence d'un rêve atroce; — mais, hélas! ces illusions ne sont que de peu de durée, et la vérité épouvantable se dresse devant moi dans toute son horreur!

Depuis quelque temps notre docteur ne pouvait plus nous cacher ses inquiétudes, et il avait désiré une consultation avec M. V..., de Bruxelles. — Ce célèbre médecin arriva mardi matin et repartit le soir, sans nous laisser la moindre espérance. — La nuit qui suivit fut pourtant assez calme, mais quand vint le jour, les symptômes les plus menaçants se révélèrent. — Mon père, qui jusqu'au dernier moment conserva toute sa présence d'esprit, semblait comprendre aussi la gravité de la situation.

Il demanda à rester seul un instant avec le docteur, et après cet entretien il fit appeler sa bonne Adèle et lui dit qu'il voulait immédiatement voir le curé.

Lorsque j'appris cette résolution de mon père, je ne saurais dire quel soulagement j'éprouvai. — Depuis quelques jours j'étais sans cesse préoccupée de ce désir et je n'osais lui en parler de peur de l'inquiéter.

Au fur et à mesure que la situation s'aggravait, les visites du pasteur devenaient plus fréquentes et plus longues, bien qu'elles fatiguassent visiblement le malade. Ces visites étaient toujours précédées et suivies d'entretiens du pasteur avec ma mère, et j'avais pu remarquer qu'il régnait entre eux une agitation continuelle et croissante.

Nous étions tous réunis autour du lit du malade,—le pasteur n'y manquait pas,—lorsque tout à coup entra M. le curé de Saint-X... vêtu de ses habits sacerdotaux et suivi d'un enfant de chœur. Dès que mon père l'aperçut, sa figure prit une douce expression de joie et de satisfaction ; puis, élevant un peu sa voix affaiblie :

« C'est moi, dit-il, monsieur le curé, c'est moi qui vous ai fait appeler. Je vous attendais avec impatience. »

Le pasteur s'était hâté de sortir, — et ma mère se levant à son tour, vint à moi : « Noémie, me dit-elle, suivez-moi. » —Je voulais insister. — Je levai sur ma mère un regard suppliant, mais elle ajouta :

« Vous ne pouvez assister à la scène qui va se passer, vous ne pourriez la supporter. »

Je me résignai et je suivis ma mère, qui emmenait ma jeune sœur par la main. Une fois dehors, je les quittai, sous prétexte de rentrer dans ma chambre ; puis, quand j'eus acquis la certitude qu'on ne pouvait plus m'entendre, je sortis sans bruit et j'allai m'agenouiller près de la porte de l'appartement de mon père.

C'est à travers cette porte que j'écoutai et

que je pus suivre les prières des agonisants, prières auxquelles je m'associai tout entière avec la ferveur que m'inspirait mon amour filial.

Prosternée, la tête appuyée contre la porte, n'ayant plus de force que pour prier et pleurer, — j'étais encore dans cette situation quand le prêtre sortit.

Je ne pus me lever, l'idée même ne m'en vint pas, je crois, et je baisai avec effusion son surplis blanc, que je couvris de mes larmes. Sans doute il eut pitié de moi, car il me donna sa bénédiction.

Que se passa-t-il alors en moi, — je ne saurais l'exprimer, — mais au milieu des plus cruels tourments, au milieu des sanglots qui m'oppressaient, je sentis que je venais d'abjurer devant Dieu la religion dans laquelle on m'avait élevée...

Je me relevai plus forte, plus résignée, et, rentrant auprès de notre cher malade, je me jetai dans ses bras. Nous restâmes longtemps dans cette suprême étreinte; puis, mon père ayant voulu m'adresser quelques dernières instructions, je lui confessai mon intention de changer de religion.— Cela lui causa évidemment une grande joie, car il me dit :

« Merci de tes paroles, ma fille, elles sont pour moi une vraie consolation : l'espoir que nous serons réunis un jour est la plus douce pensée que je puisse emporter dans la tombe.»

— A ce moment ma mère entrait...

Nous passâmes toute la nuit au chevet du mourant ; il nous adressa de nombreuses recommandations, — à ma mère surtout.

« N'empêchez jamais nos enfants de se marier suivant leur gré, répéta-t-il plusieurs fois avec une certaine insistance. Le cœur et la conscience sont deux choses qu'il ne faut jamais forcer et devant lesquelles nous devons nous incliner.

« Je vais bientôt vous quitter, Dieu le veut ! mais près de lui, — si j'en suis jugé digne, — je prierai pour vous. »

Le curé revint vers quatre heures avec une sœur de charité, comme il l'avait promis, et à cinq heures mon pauvre père, le meilleur des pères, rendait le dernier soupir en murmurant encore : « Au revoir ! là-haut !... »

A ce moment, il me sembla que mon âme suivait la sienne et que le monde entier s'engloutissait à mes yeux. Ma mère voulut emmener ma sœur pour lui épargner le spectacle de la mort. Je les suivis, mais avec l'intention de revenir, ce que je fis aussitôt.

La religieuse qui veillait et priait près du défunt me prodigua de tendres paroles qui me firent du bien, et je ne consentis à quitter la chambre mortuaire que lorsqu'on y apporta le cercueil. Affreux moment, moment indéfinissable que celui où pour la dernière fois on peut regarder des traits que l'on a tant aimés.

Je ne pouvais m'arracher à cette contemplation, mais la sœur me prenant doucement la main :

« Mademoiselle, me dit-elle, ce n'est plus ici qu'il est, votre père, c'est là-haut ! »

Je songeai à la vérité de ces paroles et je me laissai emmener ; mais auparavant j'avais fait sur le cercueil de mon père un serment que rien ne m'empêchera d'accomplir.

Écrivez-moi, monsieur l'abbé, ne m'abandonnez pas dans cette triste circonstance où j'ai si besoin de vos encouragements et de vos conseils, etc., etc...

MANUEL A RICHARD

Paris (même date que la lettre précédente).

Mon cher Richard,

Avant-hier, jour de ma première séance, mademoiselle de Saint-Arles arrivait à mon atelier à l'instant où deux heures sonnaient à toutes les horloges du voisinage. — Son exactitude me fit plaisir, et d'autant plus plaisir que madame de Saint-Arles, en entrant, se mit à crier de ce ton aigre et ricanant qui ne la quitte jamais :

« Enfin, monsieur, nous voici chez vous ! Figurez-vous que, depuis ce matin, ma fille me tourmente et me presse de peur que nous ne vous fassions attendre. »

C'était une preuve d'empressement à laquelle je fus sensible, et mademoiselle de Saint-Arles s'en aperçut à coup sûr, car je la vis rougir.

Tout le temps que dura la séance, et elle fut longue, j'osai à peine échanger quelques mots avec mon modèle, tandis que la mère nous assourdissait de son insupportable bavardage. — Mademoiselle de Saint-Arles souffrait visiblement ; à chaque plaisanterie de sa mère, son front s'assombrissait douloureusement, et c'est sous cette influence que la saisit ma première esquisse.

Ces dames s'en allèrent lorsque le jour commença à baisser, me laissant en proie à mille préoccupations.

Je suis assez content de mon ébauche, ma toile est entièrement couverte, mon sujet n'est pas mal posé dans son cadre, et tout cela a un je ne sais quoi qui sent l'inspiration.

Hier j'ai eu ma deuxième séance, madame

de Saint-Arles a amené sa fille, puis elle est partie, prétextant de nombreuses courses à faire, et n'est revenue que pour la reprendre.

Dès que je me trouvai seul avec mademoiselle de Saint-Arles, je me mis à songer au moyen de lui adresser la question qui me brûlait les lèvres.

Je retournai mille projets dans ma tête. Il y eut entre nous un assez long silence que je rompis le premier. Après de grands efforts d'imagination j'étais arrivé à ne rien trouver de plus adroit que ceci :

« Que pouviez-vous faire, mademoiselle, dans le monde où je vous ai rencontrée pour la première fois? »

A cette apostrophe suffisamment brutale, mademoiselle de Saint-Arles pâlit, et fondant en larmes :

« Merci, monsieur, me dit-elle, merci d'avoir deviné que là n'était pas ma place, qu'une fatale destinée pouvait seule m'y avoir conduite. Vous qui avez compris cela, monsieur, vous devez avoir compris aussi tout ce que je souffre, et vous aurez eu pitié de moi, vous! tandis qu'eux tous ne cherchent qu'à m'entraîner dans l'abîme repoussant qu'ils creusent chaque jour sous mes pas, tandis qu'ils s'efforcent, par leurs propos, par leurs récits, par leurs promesses, de ternir ce qui est en moi de sentiments purs et honnêtes, et qu'ils conspirent contre moi avec l'être qui, lui, au moins, devrait me protéger, me soutenir dans la lutte.

« Oh! tous je les hais, tous je les méprise, et si vous m'avez vue si facile à accepter vos offres, c'est que seul vous m'avez témoigné du respect et de l'intérêt.

« Dans ce monde j'ai parfois entendu parler de monstrueuses créatures, sans pitié pour les hommes qui les avaient couvertes de luxe, les entraînant sans remords à la ruine, au déshonneur, et les repoussant ensuite comme des misérables. Eh bien, ce n'est qu'une faible vengeance, et les plus à plaindre ne sont pas les dernières victimes!

« Vous avez empoisonné le cœur d'une

pauvre fille, vous en avez soigneusement chassé, peu à peu, tout ce qu'il contenait d'instincts nobles et bons, pour y faire entrer tous les vices. Jouissez donc de votre œuvre après cela. Vous subissez à votre tour les effets du poison que vous avez versé, et jamais, quoi qu'il arrive, le mal que vous avez fait ne vous sera rendu! »

L'exaltation de mademoiselle de Saint-Arles était telle que je craignis un instant une attaque de nerfs, mais heureusement d'abondantes larmes vinrent la soulager.

Elle s'était exprimée avec une fièvre effrayante, sans déclamation, et rien n'était beau comme l'expression de sa physionomie au milieu de ce délire.

Lorsqu'elle fut un peu calmée, elle me demanda pardon de la scène à laquelle elle m'avait fait assister, et pour s'excuser me dit quelques mots de son histoire. Voici à peu près ce que j'ai pu construire d'après son récit :

Son père serait mort, à ce qu'elle croit, et elle n'a conservé de lui que le souvenir d'une affection bien tendre à laquelle on l'a arrachée toute jeune encore pour la mettre en pension, dans une assez mauvaise pension, que pourtant elle regrette aujourd'hui, et d'où elle n'est sortie qu'il y a six mois environ. Depuis lors elle vit avec sa mère, chez qui elle voit un monde qu'elle a en horreur, et qui la mène partout avec elle dans une société semblable à celle où je l'ai rencontrée.

Le cercle de relations de madame de Saint-Arles est composé uniquement de femmes mariées sans maris, de maris vivant loin de leurs femmes, la plupart portant des noms et des titres d'emprunt, de ces êtres déclassés ou non classés enfin, dont A. D. fils a fait une peinture si exacte.

Il est horriblement tard, mon cher ami; au surplus, voici une lettre d'une longueur...

Bonsoir et tout à vous,

MANUEL.

MANUEL A RICHARD

Paris, le...

Mon bon ami,

J'ai reçu votre triste lettre, qui m'annonçait la mort du père de mademoiselle Rayre; elle a dû se croiser en route avec la mienne. Je vous demande pardon d'être venu troubler votre chagrin par le récit de mon bonheur et de mes espérances.

Pauvre Marguerite!.....

Mes séances continuent chaque jour. Mademoiselle de Saint-Arles arrive seule ou accompagnée de sa mère, qui la laisse dans mon atelier jusqu'au moment où elle revient la chercher.

Plus je vois cette jeune fille, plus je la plains, plus je l'estime, plus je l'admire, plus... je l'aime. Eh bien, oui, plus je l'aime!

Je l'ai rencontrée un jour, par hasard, au bord d'un horrible précipice, d'un gouffre sans fond; je lui ai tendu la main, sans laquelle elle fût sans doute tombée, et peut-être, Dieu aidant, l'aurai-je sauvée!

Mes respects à l'abbé Landieu, mon cher Richard, et du courage.

Votre meilleur ami,

MANUEL.

RICHARD A MANUEL

C..., le...

Que vous dirais-je, mon cher Manuel, des tourments qui m'accablent? Je vis dans la crainte continuelle d'un nouveau malheur, que je vois avec terreur s'avancer comme s'avance un orage, à pas de géant, et qui ne peut tarder à fondre sur moi. Je dors à peine, et quand la fatigue parvient pour un instant à fermer ma paupière, je me demande à mon réveil si je vais retrouver encore mon vieil ami.

C'est honteux à avouer, mais, à côté des alarmes d'une profonde affection, je ne puis me dissimuler qu'il y a place pour un sentiment égoïste. — L'abbé Landieu n'était-il pas le seul trait d'union possible entre mademoiselle Rayre et moi? Une fois qu'il ne sera plus, que deviendrai-je?... Me faudra-t-il renoncer à des espérances qui font aujourd'hui l'objet de tous mes rêves? Oh! non, je ne le pourrais plus! Je pousserai les choses jusqu'au bout... jusqu'à... me rendre ridicule peut-être... Je suis capable, je le sens avec effroi, de commettre un acte de démence; au moins j'épuiserai tous les moyens, et je ne me retirerai que devant une impossibilité absolue.

Depuis quelque temps, je vous l'ai dit, j'écrivais à mademoiselle Rayre, sous la dictée de l'abbé, et j'éprouvais une sorte de charme inexprimable à tracer ces lignes destinées à passer sous ses yeux, je couvrais en secret de mille baisers le morceau de papier que ses doigts devaient tenir quelques secondes... Je me figurais lui écrire pour mon compte, je me figurais que c'était non la lettre de l'abbé mais la mienne qu'elle lirait... et je tremble, comme un enfant, à la seule pensée que bientôt il me faudra renoncer à ces pures jouissances!...

Tout à l'heure encore je lui adressais une lettre que m'avait dictée l'abbé, la dernière peut-être...

« Ma pauvre enfant, lui disait-il, je compatis de toute mon âme à votre si légitime douleur; l'épreuve que vous venez de traverser est sans contredit l'une des plus terribles, des plus cruelles de la vie, et vous ne sauriez vous armer de trop de courage et de trop de résignation.

« Fortifiez-vous dans la prière, implorez le secours de ce Dieu de bonté et de miséricorde qui dit à ceux qui souffrent : *Venez à moi, vous qui êtes fatigués, je vous soulagerai. Je suis la résurrection et la vie; celui qui croit en moi, fût-il mort, vivra éternellement.*

« Bientôt aussi mon heure va sonner, bientôt j'irai rejoindre votre cher père, et de là-haut nous vous suivrons tous les deux avec amour, et nous ne cesserons de veiller sur vous.

« Quand vous apprendrez ma mort, ne me pleurez pas, ne me plaignez pas surtout, car c'est pour un monde de félicités, de lumière, que je quitterai cette vie de misères et de ténèbres :

« *L'œil de l'homme n'a rien vu, son oreille n'a rien entendu, son cœur n'a rien senti qui puisse être comparé au bonheur que Dieu a préparé pour ceux qui l'aiment.*

« Adieu, mon enfant, adieu, je vous bénis et j'implore pour vous toutes les consolations et toutes les grâces de la foi. »

J'ai peur que mon malade ne s'éveille, je vous quitte pour retourner auprès de lui. Ne m'oubliez pas trop au milieu de vos joies, mon cher Manuel; et ne cessez de croire à toute mon affection.

RICHARD.

RICHARD A MANUEL

C..., le...

Tout est fini, cher Manuel, l'abbé Landieu a rendu l'âme hier matin, à trois heures. Selon son désir, je me suis empressé de faire part de ce triste événement à mademoiselle Rayre. J'ai cru que je n'y parviendrais jamais, tant j'ai la tête brisée.

Je me sens bien découragé, bien accablé, — je dirais bien abandonné, s'il ne me restait de bonnes et solides affections comme la vôtre, sur laquelle je sais pouvoir compter.

RICHARD.

RICHARD A NOÉMIE

C..., le...

Mademoiselle,

Dieu vient de rappeler à lui le saint homme qui vous adressait, il y a deux jours à peine, ses consolations et ses encouragements pour vous aider à supporter avec courage le coup terrible dont vous veniez d'être frappée.

Hier, à trois heures et demie de la nuit, l'abbé Landieu, que je n'avais pas quitté depuis plusieurs semaines, m'appela d'une voix éteinte dont le son me fit frémir.

« Mon ami, me dit-il, ouvrez mon secrétaire, — dans le tiroir de gauche vous trouverez une lettre. — Prenez-la. — Cette lettre, — quand je ne serai plus, — vous la ferez parvenir à son adresse, ou plutôt vous l'y porterez vous-même. »

A la lueur mourante de la lampe je pus lire sur l'enveloppe :

« Mademoiselle Adèle Colin, château de Saint-X... »

La voix de l'abbé s'affaiblissait de plus en plus, on eût dit qu'il faisait un dernier effort.

« Dans deux jours, reprit-il, — lorsque ma dépouille sera recouverte de terre, — vous ouvrirez un papier cacheté que vous trouverez dans un second tiroir. — Ce papier, qui vous est adressé, est mon testament... — Je compte que vous exécuterez ponctuellement mes dernières volontés. »

Il s'éteignit, sans souffrance apparente, en pleine connaissance et murmurant une prière dans laquelle je l'entendis prononcer plusieurs fois votre nom.

Je m'étais agenouillé près de son lit; il voulut me donner sa bénédiction, puis il ajouta encore une fois :

« Adieu ! »

Lorsqu'il laissa retomber ses mains amaigries, je les saisis et les couvris de baisers; mais bientôt je les sentis devenir roides et glacées; — c'était le froid de la mort. Je lui fermai les yeux; — sa lèvre un peu soulevée semblait sourire avec douceur : on eût dit qu'il dormait d'un sommeil paisible. — Toute la journée les paysans en pleurs vinrent prier auprès du fauteuil où nous le plaçâmes et baisèrent ses vêtements comme ils eussent fait pour un saint.

Tant de fatigues et d'émotions ont épuisé la vieille bonne du presbytère; elle est tombée malade, et je reste seul pour présider aux derniers devoirs à rendre à l'abbé Landieu. Je ne pourrai donc m'acquitter de la mission qu'il m'a confiée qu'après avoir accompli cette douloureuse tâche.

Veuillez agréer, je vous prie, mademoiselle...

. . . .

MANUEL A RICHARD

Paris, le...

J'ai été profondément affecté de votre dernière lettre, mon cher Richard, et je prends bien part, — vous n'en doutez pas, — à tout votre chagrin, à toutes vos inquiétudes. Je comprends aisément qu'aidé par les circonstances, votre attachement si sympathique à la personne de l'abbé se soit promptement accru et sérieusement enraciné. Je comprends aussi toutes les raisons qui viennent encore ajouter à votre peine. Je comprends le sentiment que vous traitez d'égoïsme. — Je le comprends et je ne saurais le blâmer. Mais, en mourant, l'abbé vous a donné une dernière preuve de l'affection et de l'intérêt qu'il vous portait; et cette preuve est peut-être même plus complète que vous ne pouvez le croire.

Ma vie est toujours la même ; — je me

presse le moins possible d'achever mon portrait et je continue à marcher à travers un sentier charmant, mais obscur, dont je ne prévois pas l'issue. Je tremble parfois, et alors je me demande lequel de nous deux est le plus à plaindre.

J'aurais bien voulu pouvoir aller prendre place avec vous derrière le convoi de ce pauvre abbé, mais mille choses s'y opposaient, et d'abord je ne pense pas qu'il m'eût été possible d'arriver à temps.

A vous de vrai cœur, et à bientôt de vos nouvelles, mon cher ami.

MANUEL.

RICHARD A MANUEL

C..., le...

L'enterrement vient d'avoir lieu au milieu d'un immense concours de paysans en larmes. — C'était une bien touchante cérémonie, et jamais funérailles ne m'ont autant émotionné que celles-ci avec toute leur simplicité.

Je vais mettre scrupuleusement en ordre les petites affaires de ce pauvre abbé, suivant tous ses désirs, et demain, dès le matin, je pars pour Saint-X...

De ce voyage dépend peut-être mon bonheur. Je ne saurais expliquer les espérances, les craintes, les défaillances qui assiégent mon cerveau au dernier moment. C'est que, je le pressens bien, ce moment est le moment décisif.

Je vous écrirai aussitôt mon arrivée. En attendant, je vous embrasse.

RICHARD.

RICHARD A MANUEL

C..., le...

Mon cher Manuel,

Tout à l'heure, après avoir porté à la poste

la lettre que je vous avais écrite en rentrant du cimetière, je m'occupai immédiatement des affaires de l'abbé Landieu.

Et d'abord, suivant ses recommandations, je commençai par ouvrir son testament.

Jugez de mon émotion, lorsque j'y lus ce qui suit :

« Au nom du Père, du Fils et du Saint-Esprit,

« Ne laissant après moi aucun parent, — j'institue pour légataire universelle, en toute propriété, mademoiselle Noémie Rayre, — à la charge pour elle :

« 1° De continuer à s'occuper, avec la même sollicitude que de mon vivant, du pauvre orphelin que ma mort va laisser encore une fois seul en ce monde;

« 2° De servir une rente viagère de trois cents francs à ma vieille domestique Jeannette, à laquelle je lègue, en outre, mon mobilier particulier comme récompense de ses bons et loyaux services pendant vingt-cinq années.

« Je fais don à la cure de C.... de mes vêtements sacerdotaux et de mes ornements d'église.

« Quant à mes effets et à mon linge, je désire qu'ils soient partagés entre les familles les plus nécessiteuses du village.

« Je nomme pour exécuteur testamentaire mon jeune ami Richard de Kerfont, et je le prie d'accepter à titre de souvenir ma modeste bibliothèque ainsi que les petites curiosités archéologiques que j'ai recueillies dans le pays, et que lui-même a pris soin de classer pendant les longues journées qu'il m'a consacrées avec tant de dévouement et de tendresse.

« Fait et écrit par moi, au presbytère de C...,

« le.... »

Des larmes de reconnaissance me remplissaient les yeux; je tombai à genoux devant le grand crucifix de bois noir qui était accroché au-dessus du lit, désormais vide, de l'abbé, et je me mis à prier et à remercier Dieu de toute la force de mon âme...

Je vais donc la revoir, lui parler, et cela pour remplir un devoir sacré... Pourvu, mon Dieu, que tant d'espoir ne s'évanouisse pas bientôt comme un rêve! J'en deviendrais fou.

Adieu, mon bon ami; — je pars plus que jamais demain; adieu, et tout à vous.

RICHARD.

MANUEL A RICHARD

Paris, le...

Hier, mon cher Richard, j'étais assis dans mon atelier en contemplation devant le portrait que vous savez, et attendant l'original, — de qui j'avais une séance à deux heures, — lorsque, un peu avant cette heure, on sonne à ma porte. — Je vais ouvrir, maudissant l'importun, et je trouve M. d'Aigleroche, un vieil ami, que j'aime comme un père. Tout autre que le capitaine (c'est ainsi que nous appelons M. d'Aigleroche, ancien garde du corps), eut été congédié par moi sous un prétexte quelconque, en le reconnaissant au contraire, j'insistai pour qu'il entrât.

Il alla, comme d'habitude, s'asseoir sur le vieux canapé qui est au fond de l'atelier, et préparant avec soin son lorgnon :

« Un portrait, dit-il, un portrait de femme, — voyons cela! »

Ce qui se passa alors chez ce digne vieillard est inénarrable : il poussa un cri, se leva convulsivement, — pâle, — l'œil fixe, — voulant parler et ne pouvant que bégayer quelques syllabes incompréhensibles, puis ses yeux s'emplirent de larmes, il se laissa retomber sur le divan, et reprenant peu à peu ses sens :

« Mon ami, me dit-il d'une voix saccadée, quelle est cette jeune fille? — Parlez, je vous en supplie. »

Je lui racontai alors dans quelles circonstances j'avais rencontré Henriette et sa mère, madame de Saint-Arles.

« Oh! s'écria-t-il, c'est bien elle, et malgré

ce nom d'emprunt je ne puis avoir un instant de doute. »

Alors, me faisant asseoir auprès de lui, il me conta l'histoire que voici :

« J'avais un frère, mon aîné de deux ans à peine; dans sa jeunesse, il contracta une alliance qui le brouilla avec toute notre famille; jamais nous ne consentîmes à voir sa femme.

« Quant à moi pourtant, je l'aperçus une seule fois, par un hasard providentiel, et que je bénis, puisque, grâce à lui, je retrouve ma nièce, mon enfant. — Il est de ces ressemblances auxquelles on ne peut se méprendre.

« Mon pauvre frère expia cruellement sa faute de jeunesse, et, miné par le chagrin, il succomba, il y a quelques années, à une longue maladie, seul, abandonné de tous, et n'osant implorer le pardon de sa famille.

« Je revenais à Paris d'un voyage à Vienne, lorsqu'une lettre de mon frère, — lettre que j'ai sans cesse devant les yeux, — m'annonça son état désespéré. Je courus chez lui sans retard; mais, hélas! il n'existait plus depuis huit jours.

« J'appris là que mon indigne belle-sœur avait quitté la maison, emportant tout ce qui s'y trouvait, sans attendre pour cela que son mari eût rendu le dernier soupir et sans même lui laisser la consolation de pouvoir embrasser sa fille une dernière fois. — Et moi, — moi, — j'arrivais trop tard !...

« Mon frère avait dû me maudire. — Il m'avait attendu jusqu'à la fin, me dit le concierge de la maison, un brave homme qui s'était chargé des funérailles du pauvre délaissé, et son dernier mot avait été : « Lui aussi ! »

Le capitaine, qui jusque-là avait pu se contenir, éclata alors en sanglots :

« Si vous saviez ce que ces deux mots : *Lui aussi !* m'ont fait répandre de larmes, s'écria-t-il..., et mon cœur a plus pleuré encore que mes yeux ; — les larmes finissent par se tarir, mais le cœur ne cesse de saigner !

« Avant de mourir, mon pauvre frère avait fait un testament qui me fut remis quelques jours après mon arrivée. Ce testament est resté gravé dans ma mémoire, tant je l'ai relu. — Voici ce qu'il contenait :

« Mon frère bien-aimé, je sens au fond « de mon cœur que si tu n'es pas venu me « tendre la main au moment de mon départ « pour l'autre monde, c'est que tu ne l'auras « pas pu. C'est que tu étais absent et que tu « n'as pas entendu mon appel, ou bien peut-« être étais-tu malade aussi ?...

« Devant renoncer à te remettre moi-même « mes dernières volontés, je les confie à « M. l'abbé Jandun, de Saint-Philippe du « Roule, qui m'a promis de te les faire par-« venir, dès qu'il t'aurait découvert.

« Je laisse tout ce que je possède à ma fille « adorée, et après elle, si Dieu l'enlève à la vie « pour en faire un de ses anges, à mon frère « le capitaine d'Aigleroche.

« Sur le point de paraître devant Dieu, je ne « puis maudire personne ; je pardonne donc « à ma femme tout le mal qu'elle m'a causé ; « mais je prie mon frère, je le conjure au

« nom de tout ce qu'il y a de plus saint, de « rechercher ma chère Henriette et de la sous« traire au plus vite à la funeste influence de « sa mère... »

Je tenais les mains de mon vieil ami, n'osant dire un mot, tant je respectais sa douleur, lorsqu'un léger coup de sonnette nous fit tressaillir tous les deux.

« C'est-elle? » demanda-t-il avec anxiété...

C'était bien elle, en effet. En la voyant, le capitaine avait ouvert les bras et Henriette s'y était jetée comme mue par une force instinctive. — Il la couvrait de baisers et de larmes, il l'appelait sa fille, et elle aussi pleurait, mais sans rien comprendre à cette scène.

Lorsque le capitaine lui eut expliqué tout le mystère, elle tomba à genoux, et, remerciant le ciel :

« Vous avez exaucé ma prière, ô mon Dieu! en m'envoyant un protecteur, un ami. M. Manuel, reprit-elle presque gaiement en se relevant, avait déjà noblement rempli ce double rôle..., mais..... mais c'est un père que je retrouve cette fois.

— Alors, vous l'aimez, Henriette? alors, tu l'aimes, ma fille, s'écria le capitaine. — Lui aussi il t'aime ; vous êtes tous deux mes enfants, et je me charge du reste. Pour la première fois de ma vie je suis heureux de n'avoir pas d'enfants, puisque le ciel m'en envoie deux dont j'ai le bonheur à faire. »

J'aurais désiré qu'Henriette ne revît pas sa mère. Elle a tenu à y retourner pour rassembler quelques souvenirs. A partir de demain elle s'installe chez son oncle, qui nous promet que bientôt *il nous aura mariés.*

Le capitaine d'Aigleroche, surmontant ses plus vives répugnances, s'est décidé pour nous à aller trouver sa belle-sœur. Elle a d'abord voulu s'insurger ; mais, sentant bien qu'il lui fallait renoncer à ses projets infâmes sur sa fille, il devenait dès lors de son intérêt de s'en débarrasser. Juliette ne lui servant à rien, ne pouvait que lui nuire en la forçant à avouer un âge qu'elle parvenait encore à dissimuler avec habileté.

Le capitaine a employé les menaces pour faire restituer immédiatement à sa nièce tous les souvenirs qui restaient encore de son frère; quant à l'argent, il l'abandonnait entièrement à madame de Saint-Arles, se réservant de faire valoir ses droits si jamais elle osait reprendre le nom de son mari.

Vous le voyez, mon cher Richard, rien ne s'oppose plus à mon bonheur, et il serait encore plus complet s'il pouvait se réaliser en même temps que le vôtre.

MANUEL.

RICHARD A MANUEL

Saint-X..., le...

Mon cher ami,

J'étais parti de Dinant avec un gros jeune homme à la physionomie ouverte, à l'air bon garçon; nous fumions tous deux ; la conversation fut donc facilement engagée, et il se trouva que nous suivions tous deux aussi la même route jusqu'au bout.

Mon compagnon s'appelait M. Raoul Van Meyer. Il était de ces gens qui sont toujours ravis de vous mettre au courant de leurs petites affaires, chaque fois que l'occasion s'en présente.

Dès les premiers mots : « Monsieur, n'est pas de ce pays? demanda-t-il, avec un épais accent allemand.

— Non, monsieur.

— Alors, monsieur est Français?

— Oui, monsieur.

— Monsieur voyage pour son plaisir?

— Oui, monsieur.

— Ah!... moi, monsieur, je voyage pour affaires. — Et il se mit à rire, d'un rire qui ressemblait à son accent. — Je dis pour affaires, parce que je vais me marier. Oui, je vais épouser une cousine. — Que voulez-vous? il faut bien finir par là, ma cousine est gentille, et il y a bientôt vingt ans que je la connais. Puis, au bout du compte, voyez-vous, je prétends que toutes les jeunes filles bien élevées se valent, quand elles n'ont physiquement rien de désagréable, — à fortune égale, bien entendu. »

Et il se reprit à rire comme un homme ravi de sa plaisanterie.

Vous l'avez déjà deviné, mon cher Manuel, celui qui s'exprimait ainsi était le cousin de Noémie, *mon rival !* Il m'aurait, à coup sûr, trouvé bien désagréable, si son bavardage lui avait laissé le temps de s'en apercevoir.

Notre voiture était une espèce de caisse carrée fermée derrière par une portière à vitre mobile, et éclairée en outre par deux autres petits carreaux percés dans les côtés auxquels étaient adossées les banquettes.

Une planche de bois servait de siége au conducteur; elle était fixée par deux morceaux de fer sur le devant de cet affreux véhicule, décoré, par ironie sans doute, du nom pompeux et menteur de diligence, mais qui était en réalité un véritable instrument de torture, faisant traîner, je vous l'affirme, les souffrances en longueur.

Après avoir traversé depuis le matin un pays délicieux, franchissant les montagnes du bassin de la Meuse, nous étions descendus dans la vallée, sur un chemin de halage que nous devions suivre pendant quelques heures, à cause des travaux de chemin de fer qui obstruaient la route.

Au moment où nous étions le plus rapprochés de la rivière, nous entendîmes une violente détonation; on faisait sauter la mine dans les environs. Des éclats de rocher vinrent tomber jusqu'aux pieds des chevaux, qui, saisis de frayeur, se jetèrent brusquement à gauche et nous précipitèrent dans le fleuve, dont les rives étaient escarpées et l'eau fort profonde en cet endroit. Dès que je me sentis dans l'eau, je compris seulement l'imminence du danger, et, appelant à mon aide tout le sang-froid dont je suis capable, je parvins, après des efforts prodigieux, à sortir de la voiture.

Une fois dégagé, j'étais sauvé. Mais, au moment où, grâce à mes talents nautiques, que vous connaissez, je revenais à la surface, je songeai au second voyageur, que je ne voyais pas paraître et qui allait inévitablement périr, faute de secours. Cette idée m'assaillit comme un remords, et immédiatement je replongeai.

Ce n'était pas chose facile que pénétrer de nouveau dans la diligence. Heureusement le ciel me protégea, et, grâce à lui, je parvins jusqu'à mon infortuné compagnon. — Étourdi par la chute, il s'était trouvé dans l'impossibilité de faire un mouvement. Je le pris dans mes bras, complétement inanimé, puis, gagnant la rive, je le soulevai par un suprême effort, de manière à ce qu'il pût être saisi par notre conducteur, lequel n'avait pas couru les mêmes dangers que nous, ayant eu le temps de sauter sur le pré où il se désolait de la position de son attelage.

Tout à coup, le pied me manqua, mes forces étaient à bout, je tombai à la renverse au milieu des chevaux, au moment où ceux-ci, épuisés de fatigue, ne pouvaient plus se maintenir contre le courant. — Ils m'entraînèrent avec eux.

Que se passa-t-il alors? Je n'en sais rien, mais il paraît qu'à quelque distance de là, *toute la flottille*, — moi y compris, — fut arrêtée, sur un gué qui va presque jusqu'au milieu de la rivière, par des hommes accourus pour nous porter secours.

Voilà le côté terrible de l'aventure. A demain le dénoûment. Je suis trop fatigué ce soir, et la longueur de cette lettre me vaudra déjà de grosses réprimandes.

A demain, je vous embrasse de cœur,

RICHARD.

RICHARD A MANUEL

On m'avait ramené dans un état fort alarmant, en proie à un violent délire qui ne me quitta pas pendant plusieurs jours.

Lorsque je repris connaissance, — c'était un matin, — je me trouvai dans une chambre inconnue, et je cherchais vainement à m'expliquer l'étrangeté de ma situation, quand, tout à coup, la porte s'ouvrit sans bruit et mon compagnon de voyage entra sur la pointe des pieds. Sa vue me remit en un instant à la mémoire toute l'aventure que je vous contais hier.

Je l'interrogeai avec avidité; il refusa de répondre à toutes mes questions, sous prétexte que le médecin avait défendu qu'on me fît parler, et ce fut seulement le lendemain qu'il m'expliqua que j'avais été transporté chez sa tante, et que l'on m'y retenait prisonnier, jusqu'à mon complet rétablissement.

« Mon ami, me dit-il, je vous dois la vie, c'est à mon tour de chercher à vous prouver toute ma reconnaissance, puisque ma dette n'est pas de celles qui peuvent s'acquitter.

« Vous aimez ma cousine, — ne le niez pas, — c'est inutile. Bien involontairement j'ai pénétré votre secret. Lorsqu'on vous retira de l'eau, il fallut faire sécher tout ce que vous aviez sur vous; votre portefeuille, vos papiers d'abord; puis vous donniez de si sérieuses inquiétudes, qu'il fallait bien aussi savoir qui vous étiez.

« Malheureusement votre secret se trouvait lié à un autre que je n'eus guère de peine à découvrir : ma chère petite cousine vous aimait, elle aussi, — à ce qu'il paraît, — pourtant elle ne vous connaissait pas, elle m'a avoué ne vous avoir entrevu qu'une seule fois. Mais que voulez-vous? Il y a vingt ans qu'elle me connaît, et elle me l'a avoué aussi, elle ne m'aimait pas du tout... pour un mari. — Oh! pour un cousin, c'est bien différent, et plus que jamais aujourd'hui...

« Ma tante a fait de nombreuses difficultés, mais, voyant qu'il lui serait difficile de résister, elle avait écrit en secret à un pasteur protestant de votre département. Vous n'étiez donc plus dès lors un inconnu pour elle.

« Restait un seul obstacle, la différence de religion. J'ai levé tous ses scrupules.

M. Rayre n'était-il pas catholique? mon père ne l'était-il pas aussi? — Quant à moi, je ne sais ce que je suis, je crois que j'ai dû être catholique jusqu'à l'âge de dix ans, par suite d'une convention faite lors du mariage de mon père, et qui fut exécutée jusqu'à sa mort. En tous cas, je suis tolérant pour les autres comme pour moi. . . . .

— « Et d'abord ma tante pouvait-elle ne pas céder, quand il s'agissait de vous, qui lui aviez si miraculeusement conservé son cher neveu, dont elle raffole, à ce point qu'elle en voulait faire un fils, sans même consulter sa fille! . . . .

« Vous allez me parler de mon sacrifice. — Je vous en prie, ne vous l'exagérez pas, et surtout ne me refusez pas de l'accepter. — Voyez, j'ai une seconde cousine qui, dans deux ans, aura l'âge de la première, et, franchement, à tout prendre, j'aime autant attendre encore deux ans. »

Je ne savais que répondre. Raoul eut pitié de mon embarras, il me serra affectueusement la main et s'éloigna pour échapper à mes remercîments. Lorsqu'il revint, quelques heures après, il prétendit que j'avais bien meilleure mine. Le soir je pouvais me lever, et je fus présenté à madame Rayre et à ses filles.

Depuis cette époque, je suis le plus heureux des hommes, et mon existence est une sorte de rêve continuel. Nous avons déjà fait une foule de projets, et d'abord nous partons pour l'Italie aussitôt après le mariage, et nous vous emmenons avec Juliette.

Je vous offre un voyage dans la patrie des arts. C'est mon cadeau de noce. Vous me ferez en échange un portrait de Noémie.

J'ai reçu votre lettre qui complète ma joie; c'est une singulière idée, me direz-vous, mais je voudrais que nos deux mariages eussent lieu le même jour; à moins que vous ne me promettiez de venir au mien.

Je vous embrasse avec toute l'effusion d'un homme heureux.

RICHARD.

Le 23 *** 1860, deux jeunes gens accompagnés de leurs femmes s'embarquaient à Marseille, à bord du *Vatican*. C'étaient M. et madame de Kerfont et M. et madame Larcher.

Le 27 ils étaient aux pieds du Saint-Père, qui leur donnait sa bénédiction; et quelques jours plus tard, madame Noémie de Kerfont recevait le baptême catholique dans la basilique de Saint-Pierre, auprès du tombeau des apôtres. Son parrain et sa marraine lui choisirent le nom de Marguerite.

Au salon de 1861 on remarquait deux ravissants portraits de femmes et un intérieur d'église de village. Ces toiles étaient signées Manuel, et valaient à leur auteur le bout de ruban rouge que le talent ou le génie attachent seuls à la boutonnière d'un artiste.

Les quatre voyageurs firent le tour de l'Italie et rentrèrent ensemble en France.

Trois mois après leur retour, Richard écrivait à Manuel :

« Nous vous attendons avec impatience, la campagne est admirable, les jours sont longs, profitez-en, hâtez-vous.

« Marguerite fait toute sorte de préparatifs pour votre arrivée. Pauvre chère Marguerite, elle est accablée chaque jour de lettres d'oncles et de tantes jaloux de notre bonheur, et qui nous déshéritent.

« Mais que m'importe, après tout? Peuvent-ils m'enlever mon trésor? »

FIN

PARIS. — IMP. SIMON RAÇON ET COMP., RUE D'ERFURTH, 1.

Librairie de E. DENTU, Éditeur

Palais-Royal, 13 et 17, galerie d'Orléans.

EXTRAIT DU CATALOGUE.

Prix.

AMÉDÉE ACHARD.

Le Roman du mari..... 2

Mlle AISSÉ.

Lettres............ 3 fr.

V. ALEXANDRI.

Ballades et Chants popul. de la Roumanie...... 3

ALEXIS.

Le Sommeil magnétique 2

ANDERSEN.

Nouveaux Contes...... 3

ÉTIENNE ARAGO.

Les Bleus et les Blancs. 2 vol................ 6

ARMENGAUD.

Escapades d'un homme sérieux.............. 3

E. ARNAL.

Boutades en vers...... 2

ALF. ASSOLANT.

Les Aventures de Karl Brunner............. 3

L. AUDIFFRET.

Entre deux paravents.. 5

OLYMPE AUDOUARD.

Comment aiment les hommes............. 3

AULAGNIER.

Des Remèdes contre la goutte.............. 3

EUG. D'AURIAC.

Histoire anecd. de l'Industrie française........ 3

ÉM. D'AUVERGNE.

4 Années d'interrègne.. 5

H. BACQUÈS.

L'Empire de la femme. 1

AUGUSTE BARBIER.

Iambes et Poëmes. 3 fr. 50

Jules César......... 3 50

Rimes légères, Chansons et Odelettes...... 3 50

Prix.

F. DE BARGHON FORT-RION.

Mémoires de madame Elisabeth de France..... 4

A. DE BARRÈS DU MOLARD.

Mémoires sur les guerres de la Navarre........ 8

ARMAND BARTHET.

Horace. Odes gaillardes 5

F. BAUCHER.

Dict. raison. d'équitation 4

A.-MARC BAYEUX.

Contes et profits normands................ 3

Une Femme de cœur... 3

E. BEAUVOIS.

Contes populaires de la Norwége........... 3

HENRIETTE BECKER-STOWE.

La Perle de l'île d'Orr.. 3

A. DE BERNARD.

Les Frais de la guerre.. 3

Pauvre Mathieu........ 3

Stations d'un touriste.. 3

A. BERTEUIL.

L'Algérie franç. 2 vol. 15

BESCHERELLE.

L'Art de la correspondance. 2 vol......... 6

Les cinq Langues. 4 v. 24

La première Orthographe d'usage. 3 vol..... 4 50

Véritable manuel des participes français... 7 50

Véritable manuel des conjugaisons.... ..... 3 75

A. BIGNAN.

Beautés de la Pharsale 3 50

Romans et nouvelles. 3 50

Variétés en prose... 3 50

BLANC DE ST-BONNET.

L'Infaillibilité......... 6

Prix.

BLOT-LEQUESNE.
De l'Autorité....... 5 fr.
F. BODENSTEDT.
Les Peuples du Caucase. 8
BONNET.
Manuel du capitaliste.. 5
BOREL D'HAUTERIVE.
Annuaire de la Noblesse, 5 et 8 fr. colorié.
Armorial de Flandre. 10
VICTOR BORIE.
L'Année rustique...... 3
A. BOULLIER.
Essai sur la Civilisation en Italie. 2 vol...... 10
F. BOUVET.
Etablissement d'un Droit public européen.... 3
C. DU BOUZET.
La Jeunesse de Catherine II.............. 3
G. BOVIER.
Trois mois de la vie de J.-J. Rousseau....... 2
J. BOZÉRIAN.
La Bourse et ses opérations. 2 vol......... 12
A. DE BRÉHAT.
Petits romans......... 3
Un Drame à Calcutta.. 3
Les Jeunes amours.... 3
FRÉDERIKA BREMER.
Axel et Anna....... 2 50
J. BRESSON.
Histoire financière de la France. 2 vol....... 10
A. BRY.
Raffet et ses œuvres... 5
F. CABALLERO.
La Gaviota......... 2 50
W. CARLETON.
Romans irlandais...... 3
A. DU CASSE.
Hist. anecd. de l'ancien théâtre en France. 2 vol.............. 10
H. CASTILLE.
Portraits historiques au XIXe siècle, 29 vol. Chaque vol........... » 50

Prix

G. DE CAUDEMBERG.
Le Monde spirituel.... 3
ALFRED CAUWET.
Contes du Foyer.... 2 fr.
CENAC-MONCAUT.
Contes de la Gascogne. 2
G. CHADEUIL.
Le Curé du Pecq...... 3
Les Mystères du Palais. 2
A. CHALLAMEL.
La Régence galante... 3
Histoire anecdotique de la Fronde........... 3
G. DE CHAMPAGNAC.
Etude sur la propriété littéraire............ 2
W. E. CHANNING.
Le Christianisme... 3 50
De l'Esclavage..... 3 50
Œuvres sociales.... 3 50
Traités religieux.... 3 50
CH. DE CHASSIRON.
Notes sur le Japon, la Chine et l'Inde...... 10
VICTOR CHAUVIN.
Les Romaniens grecs et latins.............. 3
H.-É. CHEVALIER.
Trente-neuf hommes pour une femme.......... 3
L. CHODZKO.
Les Massacres de Galicie................. 3
LOUIS CIBRARIO.
La Vie et la mort de Charles-Albert...... 4
A. DE CIRCOURT.
Histoire des Morisques. 3 vol................ 10
PIERRE CLÉMENT.
Etudes financières..... 7
H. CLUSERET.
Le Cheval............. 3
J.-A. COFFIN.
Guide botanique de la santé................ 4
J. COGNAT.
Clément d'Alexandrie.. 6
Mme C. COIGNET.
Les Mém. de Marguerite 3

Prix.

LOUISE COLET.

L'Italie des Italiens, 2 v. 6

WILKIE COLLINS.

La Femme en blanc. 2 vol. 6

E. COLOMBEY.

Les Originaux de la dernière heure 3

F. COMBES.

Histoire de la diplomatie européenne. 2 vol. 15

CH. DE COSTER.

Légendes flamandes 3

DU COURET.

Les Mystères du désert. 2 vol. "

COUTURIER DE VIENNE.

Paris moderne 2 50

LÉONCE DE CUREL.

Le Chasseur au chien d'arrêt 3 fr.

M. CZAYKOWSKI.

Contes Kosaks 3

DANCEL.

L'Influence des voyages 7

E. DAUDET.

Thérèse 2

L. DE DAX.

Nouveaux Souvenirs de chasse et de pêche. 3 50

Mme L. DE DAX.

La Mère 2

A. DEBAY.

Encyclopédie hygién.. 18 vol. 49

DECLAT.

Hygiène des enfants nouveau-nés 3

H. DELAAGE.

Doctrines des sociétés secrètes 1 50

L'Eternité dévoilée... 1 50

Le Monde prophétiq. 1 50

Le Monde occulte... 1 50

Perfectionnement physique de la race hum. 1 50

Les Ressuscités au ciel et dans l'enfer 5

PAUL DELTUF.

Jacqueline Voisin 3

Prix.

V. DELVAUX.

L'Amour 3

A. DEQUET.

Abeille 1

Clarisse 3

AD. DESBARROLLES.

Les Mystères de la main 4

DESBORDES-VALMORE.

Poésies inédites 5

CH. DESLYS.

La Loi de Dieu 3

L'Aveugle de Bagnolet. 3

G. DESNOIRESTERRES.

Les Cours galantes. 2 v. 6

Les Talons rouges 2

A. DOZON.

Poésies popul. Serbes. 3

A. DUMESNIL.

L'Immortalité .... 3 fr. 50

DURAND-BRAGER.

Quatre mois de l'expédition de Garibaldi . 3 50

L.-A. DUVAL.

Valdieu 3

GEORGE ELIOT.

Adam Bede. 2 vol. 7

V. EMION.

Des Délits et des peines en matière de fraude commerciale 1 50

ENFANTIN (le Père).

Corresp. philosophique 4

Correspondance politiq. 1

Science de l'homme 9

La Vie éternelle 4

ERCKMANN-CHATRIAN.

Le fou Yégof 3

ESCUDIER.

Les Cantatrices célèbres 3

A. ESQUIROS.

L'Angleterre et la vie anglaise 3 50

JOSEPH D'ESTOURMEL.

Souvenirs de France et d'Italie 4

L.-C. FARINI.

L'Etat Romain 5

J. FAVEREAU.

A vol d'oiseau. — France, Italie 4

	Prix.
G. FERAI.	
La Famille	3
J.-P. FERRIER.	
Voyages en Perse. 2 v.	12
PAUL FÉVAL.	
Aimée	3
Le Drame de la jeunesse	3
Madame Gil Blas. 2 vol.	6
La Garde noire	3
E. FEYDEAU.	
Catherine d'Overmeire. 2 vol.	6
Sylvie	3
G. DE FLOTTE.	
Bévues parisiennes	3
ULRIC DE FONVIELLE.	
Souvenirs d'une Chemise rouge	2
MARIA DE FOS.	
Gaëte	3
DE FOUDRAS.	
La Vénerie contemporaine	3 fr.
G. FOURCADE-PRUNET.	
La Question des filles à marier	2
A. FOURGEAUD.	
Physionomie des commis-voyageurs	2
Faut-il se marier?	1
ÉDOUARD FOURNIER.	
Enigmes des rues de Paris	3
L'Esprit dans l'histoire.	3
L'Esprit des autres	3
Histoire du Pont-Neuf. 2 vol.	6
Le Vieux-Neuf. 2 vol.	7
ARNOULD FRÉMY.	
Les Amants d'aujourd'hui	3
Les Femmes mariées	3
Iosephin le bossu	3
FRIANT.	
Vie militaire du général comte Friant	5
ÉM. GABORIAU.	
L'Ancien Figaro	3
Les Comédiennes adorées	3
Les Cotillons célèbres. 2 vol	6
Les Gens de bureau	3
Le 13me hussards	3
Les Mariages d'aventure	3
A. GANDON.	
Souvenirs d'un vieux chasseur d'Afrique.	3 50
L'Oncle Philibert	2
CH. GARNIER.	
Journal du siége de Gaëte	3
B. GASTINEAU.	
La Vie en chemin de fer	2
TH. GAUTIER.	
Abécédaire du Salon de 1861	3 fr.
G. DE GENOUILLAC.	
Dictionnaire des Fiefs.	10
Dict. des Ordres de chevalerie	3
Grammaire héraldique.	3
Armoiries des maisons nobles de France	8
A. GÉRARD.	
Vie de Marie-Thérèse de France	2
JULES GÉRARD.	
L'Afrique du Nord	3 50
Le Mangeur d'hommes	3 50
L. DE GIVODAN.	
Histoire des classes privilégiées. 2 vol	7
L. GODARD.	
Pétersbourg et Moscou	3 50
Domenica	3
GŒTHE.	
Werther	2
IVAN GOLOWINE.	
Hist. d'Alexandre Ier	7 50
A. ET J. DE GONCOURT.	
Les Actrices	» 50
L'Art au XVIIIe siècle. 4 v.	20
Histoire de la société française. 2 vol	10
Les Hommes de lettres.	3

Prix.

La Lorette......... » 50

Portraits intimes du XVIIIe siècle. 2 vol. 6 fr.

Une Voiture de masques 3

A. GOUET.

Une Caravane parisienne dans le désert.... 2

La Dette de famille.... 2

GOUGENOT DES MOUSSEAUX.

La Magie au XIXe siècle. 6

L. GOZLAN.

Le Faubourg mystérieux. 2 vol.......... 6

GRANIER DE CASSAGNAC.

Hist. des Girondins et des massacres de Septembre. 2 vol........ 14 fr.

N. GRANVILLE.

Granville dans les étoiles................ 3 50

E. GREEVES.

Comédies parisiennes. 3

É. GREYSON

Jacques le charron.... 2

J. GUIGARD.

Bibliothèque héraldique de la France....... 16

C. HABENECK.

Nouvelles espagnoles... 3

HÉNAULT (le présid.).

Mémoires............. 6

DU HAMEL.

Don Juan de Padilla... 3

JENNY D'HÉRICOURT.

La Femme affranchie. 2 v. 5

A. HERTZEN.

Le Monde russe. 3 vol. 15

ALOYSIUS HUBER.

Nuit de veille d'un prisonnier d'État........... 3

E. HUZAR.

La Fin du monde par la science.......... 1 50

L'Arbre de la science... 4

J. JACOTOT.

Enseignement universel. 7 vol........... 30

J. JANIN.

La Fin d'un monde et le neveu de Rameau... 3

Prix

JAUFFRET.

Catherine II et son règne. 2 vol............ 12 fr.

LE ROI JERÔME.

Mémoires. 6 vol. ch.... 6

CH. JOBEY.

L'Amour d'une Blanche. 3

JOSAT.

Manuel de bons secours. 2

L. JOURDAN.

Un Hermaphrodite.... 3

Un Philosophe au coin du feu.............. 3

P. JUILLERAT.

Les Soirs d'octobre.... 5

JUNIUS.

Lettres................ 3

A. DE KÉRANIOU.

Les Valets de grande maison................. 3

A. LACAUSSADE.

Les Epaves....... 3 fr. 50

Poëmes et Paysages. 3 50

A. DE LACHAPELLE.

Le comte de Raousset-Boulbon.......... 3 50

DE LAGONDIE.

Le Cheval anglais.. 7 50

A.-F. DE LA GRANGE.

Le Grand livre du destin 5

A. DE LA GUÉRONNIÈRE.

Les Hommes d'État de l'Angleterre......... 3

JULIETTE LAMBER.

Les Idées antiproudhonniennes............... 2

G. DE LA LANDELLE.

Le Langage des marins................. 5

Poëmes et chants marins................. 4

CH.-F. LAPIERRE.

Deux hivers en Italie... 3

L.-J. LARCHER.

Les Anglais, Londres et l'Angleterre......... 3

Dictionn. d'anecdotes. 2

Encycloped. de l'amour 3

La Femme jugée par les grands écrivains.... 16

Prix.

LARDIN ET MIE D'AGHONNE.

Le Premier amour d'une jeune fille.......... 3

Mme DE LA ROCHEJAQUELEIN.

Mémoires sur la Vendée, 2 vol............... 5

LAURENT (DE L'ARDÈCHE).

La Maison d'Orléans. 7 50

L. LAURENT-PICHAT.

Le secret de Polichinelle 3

ÉM. LE BON.

Joseph Le Bon......... 6

É. LECLERCQ.

Séraphin........... 2 50

Les Amours sincères. 4 vol............... 10

Tableaux de genre.. 2 50

La duchesse d'Alcamo................ 2 50

AUG. LECOMTE.

Le Chemin de l'épaulette........... 3 fr. 50

JULES LECOMTE.

La Charité à Paris..... 3

PAUL LECONTE.

L'Art de converser et d'écrire chez la femme. 2 50

A. LEFÈVRE.

La Flûte de Pan....... 3

H.-T. LEIDENS.

Le Manuscrit de ma cousine................. 3

JULIEN LEMER.

Le Charnier des Innocents 3

Paris au gaz........... 3

PIERRE LEROUX.

Quelques pages de vérités............... » 50

M. DE LESCURE.

Les Maîtresses du régent................ 4

A. LESTRELIN.

Les Paysans russes.... 3

W. LONGFELLOW.

Hypérion et Kavanagh. 2 vol............... 5

JEAN MACÉ.

Histoire d'une bouchée de pain................ 3

Prix.

MANÈ.

Paris mystérieux....... 3

Le Paris viveur........ 3

T. MAMIANI.

Nouveau droit européen 3

H. DE MARNE.

Du gouvernement de Louis XIV........... 2

E. MANUEL.

Les Joies dédaignées... 2

MARY LAFON.

Mille ans de guerre entre Rome et les Papes.. 2

Mœurs et coutumes de la vieille France 3

Pasquin et Marforio, hist. satirique des Papes.. 3

MICHEL MASSON.

La Gerbée. Contes.. 3 50

H. MATHIEU.

La Turquie. 2 vol...... 7

A. MAZAS ET TH. ANNE.

Histoire de l'Ordre de St-Louis. 3 vol... 22 fr. 50

E. MERLIEUX.

Les Princesses russes prisonn. au Caucase. 3 50

O. MERSON.

La Peinture en France. 4

CLOVIS MICHAUX.

Poésies............ 3 50

A. MICHIELS.

Histoire de la politique autrichienne.......... 7

Histoire secrète du gouvernement autrichien. 6

Hist. des idées littéraires au XIXe siècle. 2 vol. 12

J.-N. MICHON.

Voyage relig. en Orient. 2 vol................ 10

MILLET-ROBINET.

Guide prat. du fermier 3 50

MIRABEAU.

Lettres d'amour 3

MOCQUARD.

Jessie. 2 vol........... 6

HENRI MONNIER.

Scènes populaires 5

Prix.

A. MORIN.

Magie du XIXe siècle. Ténèbres............ 3 50

Philosophie magnétiq. 3

F. MORNAND.

L'Année anecdotique.. 3

C. DE MOUY.

Raymond.............. 3

E. MULLER.

Madame Claude........ 3

CH. DE MUTRÉCY.

Journal de la campagne de Chine. 2 vol..... 12

L. NICOLARDOT.

Ménage et finances de Voltaire........... 7 50

DE NOÉ.

Trente jours à Messine. 1

JULES NORIAC.

La Dame à la plume noire 3

E. NUS.

Les Dogmes nouveaux. 3

J. OLIVIER.

Le Batelier de Clarens. 2 vol................ 6

ADRIEN PAUL.

Blanche Mortimer...... 3

Une Dette de jeu. — Les deux gendres........ 3

M.-A. PEIGNÉ.

Romans intimes........ 3

SILVIO PELLICO.

Lettres................ 4

PAUL PERRET.

Légendes amoureuses de l'Italie............... 1

MARC PESSONNEAUX.

La Vie à ciel ouvert. 2 v. 5

BENJAMIN PIFTEAU.

Une bonne fortune de François Ier.......... 3

DE PIMODAN.

Campagnes d'Italie.... 3

DE PLASMAN.

Comment on convertit un mari............ 2 50

Les Illusions du temps présent............. 2

Les Strauss français.... 3

Prix.

É. PLOUVIER.

La Bûche de Noël...... 3

C. POISOT.

Histoire de la Musique en France.............. 4

A. POMMIER.

La Dame au Manteau rouge................ 4

R. DE PONT-JEST.

Le Fire-Fly, souvenirs des Indes et de la Chine................ 3

P.-J. PROUDHON

La Guerre et la Paix. 2 v. 7

Théorie de l'impôt.. 3 50

J.-M. RAGON.

La Maçonnerie occulte. 4

Orthodoxie maçonnique 6

J.-S. RAREY.

L'Art de dompter les chevaux................. 1

A. REGAZZONI.

Nouveau manuel du magnétiseur......... 1 fr.

PAUL REIDER.

Mademoiselle Vallantin 2

J. RÉMY.

Voyage au pays des Mormons. 2 vol......... 20

A. RENÉE.

La Grande Italienne.. 6

H. DE RIANCEY.

Le Génér. Cte de Coutard 6

A. RONDELET.

Conseils aux parents.. 2

Mémoires d'un homme du monde.............. 3

L. DE LA ROQUE.

Annuaire du Languedoc. 5

Armorial de la Noblesse de Languedoc. 2 vol. 40

Trois pages de l'histoire de Louis-Philippe... 2

L. DE LA ROQUE ET E. DE BARTHÉLEMY.

Catalogue des Gentilshommes en 1789. 4 livr. parues, chaque 1 fr.

VICTORINE ROSTAND.

Les Amours de village. 3

Prix	Prix

A. DE SAINT-ALBIN.

Pie IX............. 3 50

Les Francs-Maçons.... 3

J. DE SAINT-FÉLIX.

Rome en Provence.... 3

Les Nuits de Rome. 3 fr. 50

L.-C. DE SAINT-MARTIN.

Les Nombres.......... 5

Correspondance inédite 8

E. SALVADOR.

Les Fantaisies littéraires du temps........... 3

G. SARRUT.

Les Fils d'Arpad...... 3

P. DE SÉMAINVILLE.

Code de la Noblesse française 10

DE SÈZE.

Histoire de l'événement de Varennes...... 4 fr.

TH. SILVESTRE.

Histoire des peintres vivants................ 3

A. SNIDER.

La Création et ses mystères dévoilés...... 8

A. DE STOURDZA.

Œuvres posthumes. 5 volumes.............. 20

DE SZAPARY.

Magnétisme et magnétothérapie............. 10

TENANT DE LATOUR.

Mémoires d'un bibliophile............. 3 50

TEORT ET PETIT.

Le Compteur métrique. 2

THIÉBAULT.

20 Semaines à Munich. 5

A. TOUSSENEL.

L'Esprit des bêtes.... 6

Le Monde des oiseaux. 3 vol............... 18

IVAN TOURGUENEF.

Une Nichée de gentilshommes............ 3

Récits d'un chasseur.. 4

LOUIS ULBACH.

Histoire d'une mère et de ses enfants.......... 3

Le Mari d'Antoinette... 3

VALERY VERNIER.

Aline 2

Comment aiment les femmes................. 3

DE VALFONS.

Souvenirs........... 3 50

LOUISE VALLORY.

Madame Hilaire....... 2

Un Amour vrai....... 3

A. DE VALOIS.

Mexique, Havane et Guatémala, notes de voyages........... 3 fr.

DE VEAUCE.

De l'Élevage du cheval. 3

PIERRE VÉRON.

L'Année comique..... 3

Les Gens de théâtre... 3

Les Marionnettes de Paris................. 3

Paris s'amuse......... 3

P. VIALON.

L'Homme au chien muet................ 3

F. VIDALEIN.

La Cuisinière des familles............. 5

CL. VIGNON.

Les Récits de la vie réelle 3

Victoire Normand..... 3

VILLEBOIS.

Mémoires secrets sur la Cour de Russie..... 6

A. WEILL.

L'Homme de lettres... 1

Lettres fraternelles à Louis Veuillot............. 2

Le Livre des Rois..... 5

Vie de Schiller..... 1 50

ED. WERDET.

Histoire du livre en France. 2 vol........... 10

De la Librairie française............. 5

Portrait intime de Balzac.... .... 3 50

YEMENIZ.

Voyage en Grèce..... 5

PARIS. — IMP. SIMON RAÇON ET COMP., RUE D'ERFURTH, 1.

www.ingramcontent.com/pod-product-compliance
Ingram Content Group UK Ltd.
Pitfield, Milton Keynes, MK11 3LW, UK
UKHW031910260826
14628UKWH00003B/1111

9 782019 298586